# ルークとマジックパーク　空の滝《たき》

岡村 守
OKAMURA Mamoru

文芸社

# 目次

## 登場人物紹介《しょうかい》

◇ルーク・ガーナー
主人公。小学2年生で漁師《りょうし》の子。冒険心《ぼうけんしん》と責任感が強く、みんなに慕《した》われる存在《そんざい》。

◇ナンシー・リーフ
ルークの同級生。頭の回転が速くて勇敢《ゆうかん》な女の子。

◇ジェイク・ウッズマン
ルークの同級生で、大工の子。のん気でおくびょうな一面もあるが観察眼《がん》が鋭《するど》い。

◇ステラ・コリンズ
ネコが大好きな小学4年生の女の子。写真を撮《と》るのが得意《とくい》。

◇ディラン・グラハム
クリケットチーム『ワンダーズ』のキャプテン。小学5年生。実家が拳法《けんぽう》道場で体力に自信あり。

◇カイル・ギブソン
小学3年生。裕福《ゆうふく》な家庭の子。

◇キーシャ・キャンベル　マジックパークのスタッフ。園内の案内人。
◇ミラ　マジックパークのスタッフ。
◇ナタリー・フィールド　テレビ局ＬＢＣの報道担当官《ほうどうたんとうかん》。
◇ダニエル　ＬＢＣのカメラマン
◇ジェフリー　ＬＢＣのアシスタント
◇プルート　ブルードラゴン
◇ケレス　イエロードラゴン
◇エリス　ピンクドラゴン
◇マケマケ　グリーンドラゴン
◇ハウメア　オレンジドラゴン

# プロローグ

　ある夏の朝、朝食を済《す》ませた少年はいつもの習慣《しゅうかん》に従《したが》い、郵便《ゆうびん》受けの中身を確認《かくにん》するために玄関《げんかん》の扉《とびら》を開きました。すがすがしい太陽の光を受け、無意識《むいしき》に大きな伸《の》びをすると、少年はつかつかと郵便《ゆうびん》受けに向かい、中からいつもと同じ新聞を取り出しました。そのまま少年は何気なく一面の見出しに目をやると、その目を大きく見開き、しばらくその場に立ちつくしました。そして、もごもごとつぶやきながら急いで記事を読み切ると、自宅の玄関《げんかん》に向き直り、息を切らせながら家の中に駆《か》けこんだのです。

「ママ！　この記事を見て！『マジックパーク、ラムズ・クウォーター村沖《おき》、ゴールドフィンチ島に近日オープン』だって」

　早口でそう言うと、少年は母親に朝刊《ちょうかん》の一面をひらひらと振《ふ》りながら見せました。

「あら、あの島に新しい公園ができるの？　マジックパークだなんて、名前を聞くだけでもなんだか楽しそうね。開園したら家族みんなでいっしょに行ってみたいわね」

母親が少年にほほ笑みました。

「そうしたいけど、入園にはチケットが必要で、しかもしばらくは子ども限定での入園なんだって。ぼく、開園日にどうしても行きたいな」

少年が母親の目をじっと見つめました。

「あなたがどうしてもって言うならいいわよ。パパにたのんであげるわ。チケットは予約が必要なのかしら」

「お金で買うんじゃなくて、遊び場の絵を描《か》いて、当選した子だけ入園できるんだって」

少年は新聞の記事にちらりと目を向けました。

「それなら可能性《かのうせい》があるんじゃないかしら。あなた、絵のコンクールで何度も入選してるんだから」

母親が居間《いま》の壁《かべ》にずらりとならんだ数々の美しい絵画を指さしました。

「そうだね。ぼくなら当選できるかも。お母さん、ぼく今から部屋で遊具の絵を描《か》いてみるよ」

そう言うと、少年は母親にウィンクをして小走りで自室へと向かっていったのです。

「がんばってね、カイルちゃん」

母親は愛情《あいじょう》たっぷりな声でそう言うと、台所へもどり、鼻歌を口ずさみながら、手を休めていた皿洗いの作業を再開したのです。

# 第1話　始まり

こんにちは、みなさん。ぼくの名前はルーク。小学2年生。今からぼくが実際《じっさい》に体験した不思議なお話をみなさんにお伝えしたいと思います。

ぼくはラムズ・クウォーター村という、海岸近くのある村に住んでいます。何日か前、学校帰りに、友達のジェイクとナンシーがぼくに最新のニュースを教えてくれました。

「ぼくたちがいつも遊んでいる浜辺《はまべ》から小さな島が見えるでしょ？　あそこにマジックパークっていう公園ができるんだって」

ジェイクが声をはずませて言いました。

「その話、わたしも聞いたわ。来週オープンなんでしょ？　でも、その公園で遊ぶには特別なチケットがいるみたいよ」

ナンシーがぼくたちを交互《こうご》に見ました。

「へえ、チケットって高いのかな？　公園で買えるの？」

興味《きょうみ》を示したぼくがたずねました。

「それが、お金で買うチケットじゃないみたいで、公園にあったらいいな、って思う遊び場の絵を想像して描《か》いて、いつもの海岸に持っていくんだって。そこで選考会が行われるんだけど、マジックパークを企画《きかく》した管理人の魔女《まじょ》が気に入ったら、そこで遊べるらしいよ」

ジェイクが目を輝《かがや》かせて言いました。

「ねえ、みんなで理想の遊具の絵を描《か》いて、オープンの日に持っていきましょうよ！　わたし、絶対《ぜったい》そこで遊んでみたいもの」

「賛成！　じゃあ、今からぼくの家で、みんなで絵を描《か》こう！　なんだかわくわくしてきた！」

そういうわけで、その日、ぼくたちはぼくの家に集まり、いっしょに公園の遊び場の絵を描《か》くことにしたのです。

いったんそれぞれの家に帰ったぼくたちは、夕方改めてぼくの家に集合し、画用紙とぺン、絵の具を用いてマジックパークに入園するためのチケットを描《か》き始めました。公園の管理人の魔女《まじょ》が気に入らないとそこでは遊ばせてもらえないので、ぼくたちは想像力《そうぞうりょく》をふくらませ、そして意見を交換《こうかん》しながらオリジナルのチケットを作っていきました。

「マジックパークのオープンは今度の日曜日だって、新聞に書いてあったよ。きっと初日は大行列なんだろうな」

ジェイクが想像しながら天井《てんじょう》を見つめました。

「それはそうかもしれないけど、そう簡単に魔女《まじょ》がたくさんの子どもたちを入園させてくれるとは思わないわ。だから、すてきなチケットを作って、３人とも中で遊べるようにがんばりましょうよ」

ナンシーが励《はげ》ますように声に力をこめました。

「そうだね。まず、公園に欠かせないものと言えば、すべり台だよね。あっ！　すごいこと思いついちゃった」

ぼくは思わず大声を上げました。

「ルーク、もう描《か》くものが決まったの？　早いなあ。ぼくは小さいころから砂場でいろいろなものを作るのが好きだったな。……あ、そうか！　ぼくはこれにしよう！」

ジェイクが左の手のひらをポンと右手のこぶしでたたきました。

「二人ともそんなに早く描《か》くものが決まってずるいわ。わたし、全然思いつかないわ、どうしよう……」

ナンシーが悲しげな表情《ひょうじょう》をしました。

「ナンシーはふだん、公園のどんな遊具で遊ぶのが好き？ そこから想像《そうぞう》をふくらましてみなよ」

ぼくがアドバイスしました。

「わたしはただふつうにブランコとかするぐらいだもの。……あっ、ひらめいた！」

ナンシーがうれしそうにほほ笑みました。

こうして、ぼくたちは自分たちの想像《そうぞう》に任せながら絵を描《か》いていき、どうにかそれぞれのオリジナルチケットを完成させたのです。

## 第2話　買い物

今日は金曜日。マジックパークの開園日までいよいよあと2日に迫《せま》ってきました。学校では午前中の授業《じゅぎょう》がすべて終わり、おなかをすかせたぼくたちはちょうど給食を食べているところでした。

「あさってはいよいよマジックパークの開園日だね。なんだかとても緊張《きんちょう》してきたよ」

ぼくが胸《むね》を押《お》さえました。

「ぼくもだよ。ぼくたちの描《か》いた絵、ちゃんと魔女《まじょ》に気に入ってもらえるかなあ」

ジェイクは牛乳《ぎゅうにゅう》をさっと一口飲むと、わずかにふるえた手でそれを机の上に置きました。

「わたしはきっとだいじょうぶだと思うわ。わたしたちのアイデア、すごく魅力的《みりょくてき》だもの。きっと魔女《まじょ》はわたしたちをマジックパークで遊ばせてくれると思うわ」

ナンシーが自信ありげに言いました。

「君たち、ひょっとして日曜日に海岸の選考会に行くつもり？　やめておいたほうがいいと思うけど」

同じ班《はん》のデイブがつっけんどんな表情《ひょうじょう》をしました。

「やめておいたほうがいいって、どうして？」

ジェイクがたずねました。

「今朝《けさ》の新聞を読んだんだけど、マジックパークがあるゴールドフィンチ島に行けるのは、1日当たりたった5人の子どもだけなんだって。当日はまず、海岸の受付で描《か》いたチケットを提出《ていしゅつ》して、選考の結果を待つらしいんだけど、おそらく1000人くらいの応募《おうぼ》があるんじゃないかって書いてあったよ。1000人も応募《おうぼ》して実際《じっさい》に行けるのがたった5人だなんて、確率《かくりつ》が低すぎるもの。ばからしい。時間のむだだよ」

デイブがいばった調子で右手をさっと振《ふ》りました。

「ということは、ぼくたち3人がいっしょにマジックパークで遊べる確率《かくりつ》は、さらに低いということになるね。はあ、すごく心配になってきた」

ぼくはため息をつきました。

「わたしたち、やれるだけのことはやったんだから、それで結果がダメだったなら仕方ないと思うわ。とにかく日曜日はダメもとで海岸まで行ってみましょうよ」

ナンシーがぼくたちをなだめるように言いました。

「そうだね。あっ、そう言えばマジックパークには手ぶらで入らないほうがいいらしいよ。園内で役立ちそうなものを1人3つまで持ちこんでいいんだって。ぼくたち入園させてもらえるかどうかわからないけど、明日《あした》いっしょに買い物に行こうよ」

ジェイクが提案しました。

「ふん。当選するわけないのにお金のむだだと思うけどね。まあ、ぼくは行かないけど、君たちせいぜいがんばってね」

デイブが嫌味《いやみ》たっぷりにくすくすと笑い声をあげました。

「買い物楽しそう！　何を買おうかな」

ぼくは少し明るい気分になってきました。

「あっ、まだ給食がこんなに残っているのに、話に夢中《むちゅう》になってたら、午後の授業《じゅぎょう》まであと５分しかないじゃない。どうしよう」

ナンシーがまだたくさん残っている給食のトレイを見つめました。

そういうわけで、明日《あした》ぼくたちはマジックパークで役立ちそうなものを買いに行く約束をしたのです。


日付《ひづけ》が変わり、いよいよマジックパーク開園の前日の土曜日がやって来ました。ぼくたちは今、近所のホームセンターで明日《あした》持って行くものの買い物をしているところでした。

「マジックパークに持ちこめるものは１人３つまでだから、慎重《しんちょう》に道具を選ぶ必要があるね。さて、何を買おうかな」

　ぼくはうで組みをしながらじっと考えました。

「このスコップ、持ち運びやすそう。ぼく1つめはこれにする」

　ジェイクが大きな鉄のスコップを手に取りました。

「わたしは金づちとくぎを1ケース買うわ。何かあったら役に立つかもしれないし」

　ナンシーがくぎのケースをガチャガチャと振《ふ》りました。

「じゃあ、ぼくは軍手を買おうかな。あと、のどが渇《かわ》くといけないから水筒《すいとう》も買っておくよ」

　ぼくは軍手と少し大きめのおしゃれな水筒《すいとう》を買い物かごに入れました。

「ぼくはあと2つ、ルークとナンシーはあと1つずつ何か買えるね。あっ、そうだ、ロープを買っておこう」

　ジェイクが少し大きめな声を出しました。

「いい考えだね。たしかにロープは何かの役に立つことがあるかもね。わあ、ねえ、これ見て。すごくおいしそう！」

　ぼくが見つけたのは『8種の木の実チョコ』という名前のチョコレートでした。

「たしかにおいしそうね。でもチョコは買わなくてもいいんじゃない。食べたらおしまいだもの」

ナンシーが諭《さと》すように言いました。

「でも、このチョコ、けっこうサイズが大きいよ。公園で遊ぶとき、お菓子《かし》があると気分が盛り上がるんだよね。やっぱりぼくはこれにするよ」

ぼくは意気揚々《ようよう》とチョコを手に取り、買い物かごにポイと入れました。

「ルークの気持ち、わからなくもないよ。もし、みんなで入園できたら、ぼくにもちょっとちょうだいね。ぼくは実践的《じっせんてき》なものをそろえたいから、最後に浮《う》き輪《わ》を買うことにするよ」

ジェイクが落ち着いた様子で言いました。

「わたしは最後の１つ何にしようかな。ねえ、お店の中をぐるぐる回ってみましょうよ」

ナンシーが店内をきょろきょろと見回しました。それから10分くらい、ぼくたちはおしゃべりしながらお店の中の商品をいろいろと見て回りました。

「ナンシー、もう買うもの決まった？　ぼく、もう足が痛くなってきたんだけど」

疲《つか》れてきたぼくが少しいらいらした声を出しました。

「ねえ、こんなの買うって言ったら2人とも反対すると思うけど、わたし、あのクマのぬいぐるみがかわいすぎて、どうしても持って行きたいの。何の役にも立たないかもしれないけど、わたしあれにする」

ナンシーがおもちゃコーナーの棚《たな》においてあったぬいぐるみを指さしました。

「これだけ探《さが》して、ぬいぐるみを買うの？　まあ、君はがんこだから反対してもむだだろうけどね。好きにすれば」

ジェイクがあきれた調子で両うでを広げ、肩《かた》を上にあげました。

結局ぼくは軍手に水筒《すいとう》、8種の木の実のチョコを、ジェイクはスコップにロープ、浮《う》き輪《わ》を、そしてナンシーは金づちにくぎ、クマのぬいぐるみを買うことにしたのです。

## 第3話　開園日

日付《ひづけ》が変わり、今日はいよいよマジックパークの開園日です。ぼくはジェイクとナンシーといっしょに、いつもぼくたちが遊んでいる浜辺《はまべ》に歩いてやって来ました。

「うわあ、すごい行列。この子たちみんなマジックパークの入園希望者なの？　新聞に書いてあったとおり１０００人くらいはいそうだね」

あまりにも多い人ごみに圧倒《あっとう》されたぼくは口をポカンと開けました。

「最初の１か月間は、マジックパークは子ども限定《げんてい》の入園になるんだって。だから子どもばかりが並《なら》んでいるんだよ。それにしても、これだけの人数の中から選ばれるのは不可能《ふかのう》に近いんじゃないかな。やっぱり、デイブの言うとおりだよ。来るんじゃなかった」

ジェイクが弱々しく肩《かた》を落としました。

「ジェイク、ここまで来て今さら何を言ってるのよ。結果はどうあれ、受付《うけつけ》にわたしたちが描《か》いた絵を出さなきゃだめよ。ほら、行きましょ」

ナンシーは受付《うけつけ》のほうにジェイクとぼくをぐいぐいと引っぱっていきました。

「みなさん、おはようございます。本日は海岸までお越《こ》しいただきありがとうございます。本日マジックパークに入園を希望される方は、こちらの列にお並《なら》びください。そして、今一度、ご自分が描《か》いた絵をご持参《じさん》いただいているかのご確認《かくにん》をお願いいたします」

受付係員《うけつけ》の１人がメガホンを使って大群衆《だいぐんしゅう》に呼《よ》びかけました。

「さあ、こっちよ」

ナンシーはぼくたちの手を引きながら早足で歩き、列の最後尾《さいこうび》に並《なら》びました。

「マジックパーク初日の様子はテレビで生中継《なまちゅうけい》されるらしいよ。ほら、あっちにテレビ局の人たちが待機しているでしょ」

「本当だ。ぼくたちがテレビに映《うつ》ったらパパやママも大喜《おおよろこ》びだね」

前にいる子どもたちがひそひそと会話をしていました。

たしかに列からはなれた右のほうにはテレビカメラが何台か設置《せっち》され、その周りにはテレビ局のスタッフらしき人たちが何人か待機していました。時間とともに列は徐々《じょじょ》に前に進み、そしてついにぼくたちは受付《うけつけ》に到着《とうちゃく》しました。

「君たち3人はお友達同士《どうし》かな。チケットの絵を出して、この魔法《まほう》の壺《つぼ》の中に入れてくださいね。この壺《つぼ》に入った絵はパーク内の魔女《まじょ》のところまで瞬時《しゅんじ》に移動《いどう》するのよ。審査《しんさ》が終わるまではこの近くで待機していてくださいね」

受付係《うけつけがかり》の女性《じょせい》がてきぱきと説明しました。

「いよいよね。さあ、提出《ていしゅつ》しましょう」

ナンシーが少し上《うわ》ずった声で言いました。

そしてぼくたちは、それぞれの描《か》いた絵を魔法《まほう》の壺《つぼ》に入れたのです。不思議なことに、壺《つぼ》はフワッという音を立てると緑色の煙《けむり》を出し、それと同時に中に入ったはずの絵は瞬時《しゅんじ》に消えてしまったのです。

「きっとぼくたちの絵、もう魔女《まじょ》のところに届《とど》いたんだね。あとはいい結果が出るように祈《いの》るだけだね」

ぼくは祈《いの》るように両手を組み合わせました。こうして、ぼくたちは１０００人以上の子どもたちの中から選ばれるたった５人の子どもたちの結果発表を待つことにしたのです。

マジックパークが位置するゴールドフィンチ島が見える海岸で、無事にチケットの提《てい》出《しゅつ》を終えたぼくたちは、どきどきしながら審査《しんさ》結果を待っていました。応募者《おうぼしゃ》全員がチケットの提出《ていしゅつ》を終えてから約30分が経過《けいか》したころ、ようやく受付《うけつけ》からのスピーカー音が海岸にひびきました。

「たいへんお待たせいたしました。たった今、マジックパーク内の魔女《まじょ》から、すべてのチケットの確認《かくにん》が終わり、結果発表の準備《じゅんび》が整ったとの連絡《れんらく》が入りました」

待機していた１０００人以上もの子どもたちからざわめきの声がもれました。ぼくは心《しん》臓《ぞう》が飛び出そうなほど緊張《きんちょう》し、体の中で心拍音《しんぱくおん》が大きく高鳴っているのが自分でもわかりました。

「それでは、ただいまより当選者を発表いたします。結果はマジックパークの職員《しょくいん》である私《わたくし》キーシャからではなく、発表担当者《たんとうしゃ》からさせていただきたいと思います。みなさま、魔法《まほう》の壺《つぼ》にご注目ください」

受付係《うけつけがかり》の女性《じょせい》がそう言うと、壺《つぼ》の中から、5つの色鮮《あざ》やかな卵《たまご》が勢《いきお》いよくポンポンと飛び出してきたのです。それぞれの卵《たまご》は砂浜《すなはま》にドサッと落ち、それからしばらく辺りはしーんと静まり返っていました。

「いったいこれから何が起こるんだろう」

ぼくは声をふるわせました。

「今にわかるわ。とにかくじっと待ちましょ」

ナンシーがきりっとした表情《ひょうじょう》で前方を見つめました。ぼくは静まり返った人ごみの中、改めてそれぞれの卵《たまご》をじっと観察してみました。

1つ目の卵《たまご》は大きなハート型が描《えが》かれた青い卵《たまご》でした。2つ目の卵《たまご》は黄色い卵《たまご》で、大きな星の形が描《えが》かれていました。3つ目の卵《たまご》はピンク色で、大きなひし形模様《もよう》が描《えが》かれていました。4つ目の卵《たまご》は緑色で、大きな正方形が描《えが》かれていました。そして最後に5つ目の卵《たまご》はオレンジ色で、大きな三角形が描《えが》かれていたのです。

３分近くの静寂《せいじゃく》を破ったのは魔法《まほう》の壺《つぼ》から出された青い光線でした。青い光線は青い卵《たまご》に引きよせられるように向かい、殻《から》に当たると表面にひびが入り、そこから小さくて青いドラゴンの子どもが出てきたのです。

「こんにちは。ぼくはブルードラゴンのプルートです。今から１人目の当選者を発表しますので、音楽をお願いします」

プルートがそう言うと、左奥《ひだりおく》にいた鼓笛隊《こてきたい》の人たちが演奏《えんそう》を始めました。

「ありがとうございます。では１人目の当選者は、この方です」

プルートが海を指さすと、水面からザバッとイワシの群れが飛び出し、空中で文字をかたどりました。そこには「ナンシー」という文字が描《えが》かれていたのです。

「おめでとうございます！　ナンシーさん、前にお越《こ》しください」

プルートは楽しそうにギザギザの歯をむき出して笑顔を作りました。

「ナンシー、すごいじゃん！　やったね！　さあ、前に行って」

ジェイクがナンシーの背中《せなか》をポンと押《お》しました。

「えっ、わたし当選したの？　信じられないわ。すごくうれしい！」

ナンシーはそう言うと、前に移動《いどう》し、用意されていた仮設《かせつ》ステージの上に上がりました。

## 第4話　審査《しんさ》結果

マジックパークに入園できる5人の子どものうち、最初に選ばれたのは、なんとナンシーでした。ぼくは、うれしい気持ちと不安な気持ちが入りまじりながら、次の当選者の発表を待ちました。

「ナンシーさん、おめでとうございます。後ほどインタビューがありますので、そのままステージで待機していてくださいね。では、次の当選者の発表に移《うつ》ります」

受付係《うけつけがかり》のキーシャがそう言うと、魔法《まほう》の壺《つぼ》はその声に反応《はんのう》したかのように再《ふたた》び光線を発しました。その光線の色は黄色で、黄色い卵《たまご》に当たると殻《から》に吸いこまれるように消え、卵《たまご》にミシミシとひびが入りました。殻《から》を割《わ》って中から出てきたのは、かわいらしくて小さな黄色いドラゴンでした。

「ああよく寝《ね》た。楽しい夢《ゆめ》だったな。あ、失礼しました。初めまして、みなさん。ぼくはイエロードラゴンのケレス。今から２人目の当選者を発表します。ミュージック、スタート！」

ケレスの掛《か》け声と同時に鼓笛隊《こてきたい》が勢《いきお》いよく演奏《えんそう》を始めました。演奏《えんそう》が終わると、ケレスは海に向かってうれしそうに炎《ほのお》を吐《は》き出しました。

「２人目の当選者はこの方です！」

ケレスが大声でそうさけぶと、海中からトビウオの群れが飛び出し、文字を描《えが》きました。そこに現《あらわ》れた名前は「カイル」でした。

「カイルさん、おめでとうございます！　マジックパークを楽しんできてくださいね。さあ、前のステージにお上がりください」

ケレスがそううながすと、高級ブランドの服を着たいかにもお金持ちという雰囲気《ふんいき》を出した男の子が人ごみの中をくぐり抜《ぬ》け、ステージに上がりました。

「あの子が２人目か。うらやましいな」

ジェイクがさもうらやましそうな声を出しました。

「きっとすごい絵を描《か》いたんだから仕方ないよ。ああ、マジックパークに行けるのは、あと３人だけだね。ぼく、自信がなくなってきたよ」

ぼくは深くため息をつきました。

「それではただいまより3人目の当選者の発表に移《うつ》らせていただきます。みなさん、再度《さいど》魔法《まほう》の壺《つぼ》にご注目ください」

キーシャの声が海岸にひびくと、ざわついた雰囲気《ふんいき》は一気に緊張《きんちょう》に満ちた静寂《せいじゃく》にもどりました。ぼくがゴクリとつばを飲みこむと同時に、今度はピンク色の光線が壺《つぼ》から発せられ、ピンクの卵《たまご》に直撃《ちょくげき》しました。そしてドーンという大きな音が鳴ると、卵《たまご》にいくつもの亀裂《きれつ》が入り、中からピンク色の女の子ドラゴンが出てきたのです。

「いよいよ、わたしの出番ね。みなさん、自己紹介《じこしょうかい》させてください。わたしの名前はエリス。ピンクドラゴンの女の子よ。わたしから3人目の当選者を発表させていただくわ」

エリスが鼓笛隊《こてきたい》にウィンクすると、鼓笛隊《こてきたい》は勢《いきお》いよく演奏《えんそう》を始めました。そして、エリスがもう一度ウィンクすると、音楽がやんだのです。

「3人目の当選者はこの子よ」

エリスがステッキで海のほうを指さすと、今度は海からシャチの群れがザバッと飛び出て、巨大《きょだい》な文字を作りました。シャチたちが作り上げた文字は「ステラ」でした。

「ステラさん、よかったわね。マジックパークは最高に楽しいわよ。きっと一生の思い出

になるわ。楽しんでらっしゃい」

エリスがそう言うと、猫《ねこ》の刺繍《ししゅう》がたくさん入ったドレスを着た女の子がステージに上がってきたのです。

「ああ、当選者はあと2人だけだよ。それがぼくとジェイクになる可能性《かのうせい》なんてほとんどないよ。どうしよう」

ぼくはくらくらしながら、やっとのことで声を出しました。

「さあ、みなさん。それでは4人目の発表へと移《うつ》らせていただきます。魔《ま》法《ほう》の壺《つぼ》をご覧《らん》ください」

キーシャの声にうながされて、ぼくたちをふくむ群衆《ぐんしゅう》は再度《さいど》魔法《まほう》の壺《つぼ》に目線を移《うつ》しました。すると、壺《つぼ》から今度は緑色の光線が発せられ、緑色の卵《たまご》の底の部分と砂浜《すなはま》の間に当たりました。卵《たまご》はゆっくりと宙《ちゅう》高く浮《う》かび上がったあとに3回転し、再《ふたた》び砂浜《すなはま》に着地しました。衝撃《しょうげき》とともに卵《たまご》にはびりびりと無数のひびが入り、中から緑色の子どもドラゴンが出てきたのです。

「ああ、きゅうくつだった。肩《かた》がこって仕方がないよ。やっぱりぼくは外が大好き。やあ、みんな。ぼくはグリーンドラゴンのマケマケ。よろしくね。4人目の当選者を発表するので、鼓笛隊《こてきたい》のみなさん、ダンスミュージックの演奏《えんそう》をお願いします」

マケマケが目で合図を送ると、鼓笛隊《こてきたい》はノリのいいダンスミュージックの演奏《えんそう》を始めました。音楽に合わせ、マケマケはしばらく自分の役目を忘《わす》れたかのように夢中《むちゅう》に、そして見事に踊《おど》ったのです。ダンスが終わると群衆《ぐんしゅう》から盛大《せいだい》な拍手《はくしゅ》がわき起こりました。

「みんなありがとう。4人目の当選者はこの子だよ」

マケマケが海に向かって口から緑色のガスを出すと、海面からベラの群れが次々に飛び出し、太陽の光の反射《はんしゃ》を受け、虹色《にじいろ》のきれいな文字を作り出しました。ぼくはそこに現《あらわ》れた文字を1文字ずつ声に出して読みました。

「J・A・K・E、ジェイクだ！　ジェイク、やったね」

ぼくがそう言うと、ジェイクは信じられないという様子で、目を丸くし、そのまま何も言わずに立ちつくしていました。

「ジェイクさん、おめでとう！　マジックパークは冒険《ぼうけん》がいっぱいの場所。楽しすぎて帰りたくなくなっちゃうかもね。行ってらっしゃい！」

マケマケがそう言うと、ジェイクはふらふらしながらステージに向かって歩き出しました。

「信じられない。まさかぼくが当選するだなんて。ルーク、君も絶対《ぜったい》当選しろよ」

ジェイクはそう言いながらステージまでたどり着き、かみしめるように仮設舞台《かせつぶたい》への階《かい》段《だん》を上りました。

「さあ、キーシャ、5人目の発表をお願い」

マケマケが受付《うけつけ》の女性《じょせい》に向かってそう言うと、人々はいっせいにキーシャに注目しました。

「さあ、マジックパークに行く子どものうち、すでに4人が決定いたしました。いよいよ最後の当選者の発表です！」

キーシャはそう言い放つと、魔法《まほう》の壺《つぼ》を指さしました。すると壺《つぼ》から今度はオレンジ色の光が発せられ、最後に残ったオレンジ色の卵《たまご》に当たりました。光は卵《たまご》の周りを包みこみ、不気味な電子音を発したのです。

そして、それに呼応《こおう》するように卵《たまご》はどんどん大きくふくらんでいきました。卵《たまご》の縦幅《たてはば》が5メートルほどになると、ついに卵《たまご》の殻《から》ははじけ飛び、中からオレンジ色の巨大《きょだい》なドラゴンが出てきたのです。そのドラゴンのあまりもの迫力《はくりょく》に、ぼくの体は腰《こし》が抜《ぬ》けたかのようにがくがくとふるえが止まらなくなりました。

# 第5話　最後の当選者

マジックパークの入園資格《しかく》を得《え》た4人目の当選者は、なんとジェイクでした。当選者は残すところあと1名となり、ぼくの緊張《きんちょう》もピークに達していました。

そんな中、キーシャにより魔法《まほう》の壺《つぼ》から発せられた光を受け、オレンジ色の卵《たまご》からはおどろくほど巨大《きょだい》なドラゴンが出てきたのです。恐怖《きょうふ》で全身がふるえたぼくは、思わず砂地《すなち》に座《すわ》りこんでしまいました。

「いよいよ私《わたし》の出番が来たようだ。私《わたし》の名はハウメア。今から5人目の当選者を発表させていただこう。だが、その前に音楽で気分を盛り上げなければな。さあ、鼓笛隊《こてきたい》の諸君《しょくん》、演奏《えんそう》を始めたまえ」

ハウメアの声は浜辺《はまべ》全体にひびき渡《わた》り、振動《しんどう》で地面がびりびりと揺《ゆ》れました。ハウメアの要請《ようせい》を受けた鼓笛隊《こてきたい》は、ハウメアの声をはね返すかのような勢《いきお》いで演奏《えんそう》を始めたのです。

「ああ、いい気分だ。では5人目の当選者を発表させていただこう」

そう言うと、ハウメアは大きな翼《つばさ》を羽ばたかせながら宙《ちゅう》へ浮《う》かび、マジックパークのほうを見て巨大《きょだい》な炎《ほのお》を吐《は》き出しました。すると海の中からカツオの群れが飛び出し、大きな文字を作り始めたのです。そこに現《あらわ》れた名前は「ディラン」でした。

「おめでとう、ディラン。最後の当選者は君だ。マジックパークを存分《ぞんぶん》に楽しんできておくれ」

ぼくはまるで悪夢《あくむ》を見ているかのように、地面に倒《たお》れ、そのまま気を失ってしまったのです。


「ルーク、ルーク、目を覚まして」

暗闇《くらやみ》の向こうから、ナンシーの呼《よ》ぶ声が聞こえました。

「ルーク、早く起きて。マジックパークに遅《おく》れちゃうよ」

ジェイクの声が耳に入ると同時に、ぼくは自分の体が揺《ゆ》さぶられるのを感じ、パッと目を開けました。砂浜《すなはま》に横たわったぼくを真上から心配そうに見ていたのは、ぼくの親友、ジェイクとナンシーでした。

「よかった、やっと目を覚ましてくれたわ。さあ、マジックパークに出発するわよ。早く立ち上がって」

ぼくはナンシーの言葉に混乱《こんらん》し、少し怒《おこ》った調子の声を出しました。

「早く早くって、どうせぼくはマジックパークには行けないじゃないか。落選したんだから。でも、君たちが当選してくれてよかったよ。楽しんできてね。ぼくはテレビの中継《ちゅうけい》を見るつもりだけど、帰ってきたらくわしくいろいろと教えてね」

１０００分の５の確率《かくりつ》の中で、３人ともが選ばれるのはほぼ不可能《ふかのう》に近いとわかっていたぼくは、くやしい反面、ジェイクとナンシーが当選したことを誇《ほこ》らしく思いました。

「ルーク、君は本当に気を失っていたんだね。ハウメアの発表のあとに起こったことを何も覚えていないなんて。いいかい、ルーク。君もマジックパークに行けることになったんだよ。ぼくたち３人とも行けるんだ、いっしょに」

ジェイクの言葉で、ぼくはますます混乱《こんらん》しました。でも、彼の表情《ひょうじょう》を見ると嘘《うそ》をついているようには見えず、わけがわからないまま、ぼくの喜《よろこ》びは心の中でどんどんふくれあがっていったのです。そして、その喜《よろこ》びが頂点《ちょうてん》に達したとき、ぼくの両目がかすみ、涙《なみだ》がぽろぽろとこぼれ落ちました。

ぼくが気を失っていた間に何があったのか、ぼくにはまだわかりませんでしたが、ナンシーとジェイクによると、ぼくもマジックパークに行けることになったのです。

「ねえ、ぼくが気を失っている間にいったい何があったか、説明してくれないかな。すごく気になるよ」

ぼくはジェイクとナンシーに問いかけました。

「じつはね……」

ナンシーが話し始めようとすると、それを遮《さえぎ》るかのようにメガホンからキーシャの声がひびき渡《わた》りました。

「マジックパークへお越《こ》しのお客さまに申し上げます。ただいまよりLBC放送局による独占《どくせん》インタビューが始まりますので、ステージの上にお上がりください」

「ほら、ぼくたち呼《よ》ばれてるよ。説明はまたあとにして、ステージに急ごうよ」

ジェイクがぼくとナンシーの背中《せなか》を押《お》しながら前方のステージに向かって歩き出しました。

「そういえば、ドラゴンたちがもういなくなってるね。どこに行ったのかな」

ぼくは辺りをきょろきょろと見回しました。

「マジックパークへ帰っていったのよ。あとでくわしく説明するわね。さあ、階段《かいだん》を上って」

ぼくたちが階段《かいだん》を上り終えると、ステージの上にはすでにステラとディランが立っていました。

「あれ、そう言えばカイルがいないね。トイレにでも行ってるのかな」

ぼくがのんきそうにそう言うと、ジェイクが答えました。

「心配ないよ。あいつは、先にマジックパークへ行ったのさ」

「えっ、どういうこと？」

「海岸よりＬＢＣのナタリー・フィールドが生放送にてお届《とど》けします。私《わたし》は現在《げんざい》ラムズ・クウォーター村の海岸で行われたマジックパーク入園者選考会場に来ています。つい先ほど、マジックパークに行く５人の子どもが決定いたしました。今から、一人一人の当選者にインタビューを実施《じっし》したいと思います」

ステージの前には複数《ふくすう》台のテレビカメラが置かれ、ぼくたちを撮影《さつえい》していました。あがり症《しょう》のぼくは自分のひざががくがくふるえているのに気づきました。

「では、まず最初の当選者であるナンシーさんにうかがってみましょう。ナンシーさん、フルネームで自己紹介《じこしょうかい》をお願いします。そして今の気分を教えてください」

ナタリーにうながされ、ナンシーはマイクを持ち、自己紹介《じこしょうかい》を始めました。

「わたしの名前はナンシー・リーフです。マジックパークに行けるなんて思っていなかったので、本当に最高の気分です。公園では思いっきり楽しんできたいと思います」

「ありがとう、ナンシー。出発はこのあとすぐよ。楽しみね。さて、次にステラさんにインタビューをしてみましょう。ステラ、自己紹介《じこしょうかい》をお願いね」

「わたしは、ステラ・コリンズよ。無類の猫好《ねこず》きなの。魔女《まじょ》ってふつう猫《ねこ》を飼《か》ってるでしょ。わたし、それが見たくて応募《おうぼ》したのよ」

ステラがうれしそうに、にんまりとした笑顔を作りました。

「魔女《まじょ》の猫《ねこ》、見られたらいいわね。ぜひ、楽しんできてね」

「つ、次はぼくの番だ」

ジェイクがぼそっと言いました。

ぼくがジェイクのほうを見ると、彼《かれ》は緊張《きんちょう》で歯をガチガチと鳴らしていたのです。

# 第6話　無意識中の出来事

現在《げんざい》、海岸ではＬＢＣによるインタビューが行われていて、次はいよいよジェイクの番となりました。

「それでは、ただいまより3人目の当選者、ジェイクさんにインタビューをしてみようと思います。ジェイク、緊張《きんちょう》してるみたいだけど、がんばって自己紹介《じこしょうかい》してくださいね」

ナタリーからマイクを受け取ったジェイクは顔を真っ青にして話し始めました。

「ぼ、ぼくの名前はジェイク・ウッズマンです。ナンシーとルークはぼくの同級生で、今回いっしょにマジックパークに行けることが本当にうれしいです。ほかの2人ともなかよくなって、みんなで楽しんできたいと思います」

「まあ、あなたたち3人は同級生なのね。こんなにも高倍率《こうばいりつ》の選考会で同じクラスの子が3名も選ばれるなんて、本当にすごいわ。クラスのみんなも鼻が高いことだと思うわよ。いい思い出を作ってきてね」

ナタリーはそう言うと、今度はディランのほうに近づいていきました。

「さて、次に4人目の当選者ディランさんにお話をうかがってみましょう。ディラン、あなたすごくたくましい感じがするけど、何かスポーツでもしているの？」

ナタリーの言葉を受けると、がっしりとした体形のディランが落ち着いた様子で話し始めました。

「ぼくの名前はディラン・グラハム。地元クリケットチーム、ワンダーズのキャプテンをしています。実家が拳法《けんぽう》道場なので、毎日父や祖父《そふ》たちと拳法《けんぽう》のトレーニングにも励《はげ》んでいます。体力には自信があるので、何か危険《きけん》を感じたときは、ぼくがほかの子たちを率先《そっせん》して助けたいと思います」

ディランの言葉に浜辺《はまべ》にいた人々から拍手喝《はくしゅかっ》さいが起こりました。

「ディラン、あなたはとても勇敢《ゆうかん》ですてきよ。マジックパーク楽しんできてね。さて、ここでいったんコマーシャルをはさみます。CMのあとは、いよいよ5人目の当選者ルークさんにお話をうかがってみます」

すると、LBCのBGMが流れ、いったん生中継《なまちゅうけい》が休止されました。ぼくはCM後のインタビューに備《そな》え、大きく深呼吸《しんこきゅう》をしました。

「ルーク、あなたのインタビューは5分後に開始の予定よ。それにしてもあなたの当選の仕方は本当にドラマチックだったわ。LBCではあなたの大逆転《だいぎゃくてん》ストーリーを特集する企画《きかく》まであがっているのよ」

ナタリーに話しかけられたぼくは、はっと思い出したように問いかけました。

「じつはぼく、5人目の当選者がディランだと確定《かくてい》した時点で、ショックで気を失ってしまったんです。だから、あのあと何があったのかまったく覚えてないんです」

「あら、そうだったの？　わかったわ。テレビの前の視聴者《しちょうしゃ》も細かいことは何も知らないから、真実を知ったらとてもおどろくと思うわ。あなたのインタビューの中で、私《わたし》が大まかに説明してあげるわ」

ナタリーの言葉にぼくはとてもほっとしました。マジックパークに行けることが事実だったとしても、理由がわからないままではどうにも腑《ふ》に落ちなかったからです。

「LBCよりナタリー・フィールドがお届《とど》けします。マジックパークに向かう子どもたちのうち、すでに4名へのインタビューが終了《しゅうりょう》いたしました。ただいまより最後の当選者、ルークさんにお話をうかがってみたいと思います。ルーク、簡単《かんたん》に自己紹介《じこしょうかい》をお願いします」

5分間のCMが終わり、いよいよぼくのインタビューが始まりました。ぼくは自分が話すことよりも、なぜぼくがマジックパークに行かれるのかがわかることに期待がふくらんだのです。

LBCによるナンシー、ステラ、ジェイク、そしてディランへのインタビューが終了《しゅうりょう》し、いよいよぼくの番がやって来ました。ナタリーによる真実の暴露《ばくろ》を心待ちにしながら、ぼくは自分の自己紹介《じこしょうかい》を始めました。

「みなさん、こんにちは。ぼくの名前はルーク・ガーナー。小学2年生です。数多くの子どもたちの中からぼくの描《か》いた絵が認められたのは、本当に幸せなことだと思っています。4人の仲間たちといっしょにマジックパークを思いっきり楽しんできたいと思います」

「テレビの前のみなさん。じつはルークの当選は非常にドラマチックなものでした。今から私《わたし》が映像《えいぞう》を踏《ふ》まえてお話しすることを、どうかお聞き逃《のが》しないようお願い申し上げます」

ナタリーはそう言うと、ぼくが意識《いしき》を失っていた間に起こった出来事を流れるように語り始めたのです。

＊　＊　＊

「おめでとう、ディラン。最後の当選者は君だ。マジックパークを存分《ぞんぶん》に楽しんできておくれ」

ハウメアの発表を受けて、たくましい体格のディランがステージに向かって歩き出しました。

「まあ、なんてことなの。ルークがマジックパークに行けないなんて、信じられないわ」

ステージの上にいるナンシーが力なく肩《かた》を落としました。

「どうしても3人いっしょに行きたかったよね。ああ、当選したときはうれしかったけど、なんだか今は喜《よろこ》びよりも悲しみのほうが大きいよ」

同じくステージの上で待機していたジェイクが深いため息をつきました。

「さあ、みなさん。以上でマジックパークに行く5人の子どもたちの選考が終了《しゅうりょう》いたしました。10分間の休憩後《きゅうけいご》、LBCによる独占《どくせん》インタビューが始まります。もうしばらくお待ちください」

キーシャはそう言うと、受付《うけつけ》の場所から移動《いどう》してステージに上がりました。

「あなたたち、よくやったわね。本当におめでとう！」

選ばれた5人の子どもたちを誇《ほこ》らしげに見つめながら、キーシャは1人1人の当選者と握手《あくしゅ》を交わしました。

「マジックパークは本当にすてきな場所なのよ。あなたたちは本当に幸運だわ」

ステージから降《お》りると、キーシャはしばらく魔法《まほう》の壺《つぼ》をじっと見つめました。すると魔《ま》法《ほう》の壺《つぼ》の大きさが3倍くらいにふくらみ、壺《つぼ》はまるで掃除機《そうじき》に変わったかのようにうなりをあげながら、周囲《しゅうい》の空気を吸引《きゅういん》し始めたのです。

「う、うわ～！　た、助けて～！　吸《す》いこまれる～！」

そのとき、ステージの上からさけび声を上げたのは、2人目の当選者カイルでした。カイルの体は魔法《まほう》の壺《つぼ》による強力な吸引力《きゅういんりょく》に負け、どんどん壺《つぼ》のほうに引きよせられていきました。

「ぼくじゃないんだ～」

その言葉を最後に、カイルの体は完全に壺《つぼ》の中に吸いこまれ、消えてなくなってしまったのです。海岸で見ていた人々は、信じられないといった様子で目を丸くしていました。

「きゃー！」

ナンシーが大声でさけびました。

ステージの上にいた、ステラ、ジェイク、そしてディランもわけがわからぬまま、その場に立ちつくしていました。

するとキーシャが落ち着いた様子で話し始めたのです。

「みなさん、ご安心ください。カイルは無事です。マジックパークが保証《ほしょう》します。彼《かれ》は先にマジックパークに行きました。その訳《わけ》は今はお話しできませんが、心配の必要はありません。それよりも海岸にいるみなさんに朗報《ろうほう》です。マジックパークのある島、ゴールドフィンチ島へ向かう乗り物には、５人の子どもを乗せることが可能《かのう》です。カイルがその乗り物に乗らないこととなった今、改めてもう一人の子どもを選考したいと思います」

キーシャはそう言うと、待機していた５匹《ひき》のドラゴンたちのほうを見つめました。するとドラゴンたちはいっせいに空に向かって両目から光線を放ちました。10本の線は空で曲線を描《えが》き、虹《にじ》のようになりました。その虹《にじ》をながめた人々の気持ちは、そのあまりにもの美しさに完全に癒《いや》され、まるで魔法《まほう》にでもかかったかのように、動揺《どうよう》も完全に収《おさ》まったようでした。そして、その虹《にじ》のようなものからは、次々と虹色《にじいろ》の大きなカニが降《ふ》ってきて、砂浜《すなはま》に着地《ちゃくち》し、巧《たく》みにハサミを動かしながらダンスを踊《おど》り出しました。そして、カニたちは踊《おど》りながら砂浜《すなはま》に大きな文字を描《えが》いたのです。

「ルーク、ルークだ！　ルークって書いてある！」

ジェイクがステージの上で大声でさけびました。

「ホントだわ！　すごい、嘘《うそ》みたい！」

ナンシーはそう言いながら何度もステージの上で飛びはねました。

「おめでとう、ルーク！」

ドラゴンたちが同時に声を出しました。

「さあ、ルーク。ステージの上にいらっしゃい」

気絶《きぜつ》していたぼくには当然キーシャの声が届《とど》かず、しばらく辺りが沈黙《ちんもく》しました。

「ルーク、何で来ないの？　わたし、呼《よ》んでくるわ」

ナンシーはそう言うとステージから駆《か》け下りていきました。

「待って。ぼくも行く！」

ジェイクもナンシーを追うように、ぼくたちが最初に待機していた場所に向かって走り出したのです。

「あなたたち、当選者を発表していただいてありがとう。もう、マジックパークに帰っていいわよ」

キーシャがそう言うと、ドラゴンたちは空に舞《ま》い上がり、バサバサと翼《つばさ》を羽ばたかせながらマジックパークにもどっていったのです。

# 第7話　船内での出来事

ＬＢＣの報道担当《ほうどうたんとう》ナタリーによる映像《えいぞう》を交えた説明が終わり、ぼくは状況《じょうきょう》を把握《はあく》したものの、カイルに関するキーシャの説明にどうしても納得《なっとく》がいきませんでした。先にマジックパークに行くというのは、いったいどういうことなんだろうか、なぜ彼《かれ》はみんなといっしょにマジックパーク行きの乗り物に乗って出発しないのだろうか。

それに、カイルが魔法《まほう》の壺《つぼ》に吸《す》いこまれたという事実も考えれば考えるほどおかしいし、背筋《せすじ》が凍《こお》るほどおそろしいことに思えたのです。

「以上、本日マジックパークに向かう5名へのインタビューを終了《しゅうりょう》いたします。ＬＢＣはマジックパーク開園日の様子に関する独占《どくせん》生放送の権利《けんり》を得《え》ました。したがって私《わたくし》ナタリー・フィールドは、数名のスタッフを連れ、引き続き5人の当選者とともにマジックパークへ向かいます」

ナタリーによるインタビューが終了《しゅうりょう》したぼくたちは、キーシャらマジックパークのスタッフに連れられ、海岸の発着所まで移動《いどう》しました。

「さあ、あなたたち、いよいよ出発よ。準備《じゅんび》はいいわね」

キーシャはそう言うと、洋服のポケットの中からオカリナのような楽器を取り出しました。そして海のほうを向き、美しいメロディーを吹《ふ》き始めたのです。その美しい旋律《せんりつ》にぼくはうっとりとし、いつまでも吹《ふ》き続けてほしいと思いました。

そして、キーシャの演奏《えんそう》がついに終わると、海面からザバッと音を立て、水しぶきを上げながら大きなシロナガスクジラに似《に》た動物が浮《う》かび上がってきたのです。

「みなさん、こちらが本日みなさんに乗船していただくマジックパーク行きの送迎船《そうげいせん》、フリッピー号でございます。どうぞお1人ずつご乗船ください」

キーシャが手で合図すると、フリッピーと呼《よ》ばれた大きなシロナガスクジラのような生き物が発着所まで泳いで近づき、横向きに停泊《ていはく》しました。

「さあ、お客さん、さっさと乗んな」

フリッピーがふてぶてしくそう言うと、フリッピーの体は徐々《じょじょ》に変形し、入り口や窓、そして座席《ざせき》のついた立派《りっぱ》な船のような乗り物ができ上がったのです。

「当選者の方々は色のついた座席《ざせき》に座《すわ》ってくださいね。そうそう、高学年の方から順番に乗りましょうか。ディラン、あなたは5年生だから先に乗ってちょうだい。オレンジの座《ざ》席《せき》に座《すわ》ってね。ステラ、あなたは4年生だからその次よ。ピンクの座席《ざせき》に座《すわ》ってちょうだい。その次は2年生のナンシー、ジェイク、ルークの順に乗船してくださいね。座席《ざせき》はそれぞれ、青、緑、そして白よ。間違《まちが》えないように気をつけてね。LBCの方々、そして案内役の私《わたし》は茶色の一般席《いっぱんせき》に座《すわ》ることになります。よろしいですね」

キーシャのてきぱきとした指示《しじ》に従《したが》い、ぼくたちは言われた順に乗船し、それぞれ指定された座席《ざせき》に座《すわ》りました。

「いよいよ、出発だね。なんだかわくわくしてきた」

ジェイクの表情は満面の笑顔でした。

「わたし、この船すごく気に入ったわ。すごくかわいいんだもの」

ナンシーはほほ笑みながら、窓の外から遠方に見えるゴールドフィンチ島のほうを見つめました。

「ぼくは楽しみな気持ちもあるけれど、カイルのことが頭からはなれないよ。マジックパークに着いたら絶対《ぜったい》に彼《かれ》を見つけ出そうと思ってるんだ」

ぼくは決意に満ちた表情《ひょうじょう》でナンシーを見つめました。

「わたしは魔女《まじょ》の猫《ねこ》を見つけたら、いっしょに記念撮影《さつえい》してもらうの」

ステラは想像《そうぞう》の世界に浸《ひた》っているかのように、にやにやとしていました。

「ぼくの役目は君たちを危険《きけん》から守ること。マジックパークは安全な場所だとは思うけど、念には念を入れて、気を引きしめて行動しなきゃね」

ディランが右手で力こぶしを作りました。

「どうやらみなさま全員のご乗車が完了《かんりょう》したようです。それでは、当フリッピー号はいよいよマジックパークに向けて出発いたします。フリッピー、お願いね」

キーシャの声を受け、フリッピーの船体は90度回転し、マジックパークを見定めると、ゆうゆうと出航《しゅっこう》したのです。

フリッピー号に乗船したぼくたちはいよいよマジックパークのあるゴールドフィンチ島に向けて出航《しゅっこう》しました。よく晴れた空の下《もと》、西風を受けたフリッピー号は海面をすいすいと泳ぎながら目的地へと進んでいったのです。

「みなさん、当フリッピー号はゴールドフィンチ島へ向けて順調に航行《こうこう》しています。現在《げんざい》時刻《じこく》は9時30分でございます。到着《とうちゃく》予定時間は10時ごろとなっていますので、それまでの間、船内でおくつろぎください」

一般席《いっぱんせき》でマイクを持った案内役、キーシャの髪《かみ》は潮風《しおかぜ》になびいていました。

「今日は本当に天気に恵《めぐ》まれたわね。これなら雨の心配もないし、思いっきり遊べるわ」

青い座席《ざせき》に座《すわ》ったナンシーが海を見つめながら幸せそうな表情《ひょうじょう》をしました。

「ぼく、カメラを持ってくればよかったよ。船から見える海の景色もきれいだし、マジックパークの様子も写真に撮《と》りたかったな。持って行かれる道具が3つまでだったから断念せざるを得《え》なかったけどね」

ジェイクが残念そうに両肩《かた》を浮《う》かせました。

「わたし、カメラあるわよ。魔女《まじょ》の猫《ねこ》と記念撮影《さつえい》してもらいたいから、3つの道具のうち、最初にかばんに入れたのがカメラだったの。使いたいときは遠慮《えんりょ》せずに言ってくれたら貸《か》してあげるわよ」

ステラがジェイクにカメラを差し出しました。

「ありがとう。ぜひ、そうさせてもらうよ。さっそくだけど、船の中でも写真を撮《と》ってきたいんだ。ぼくとルーク、ナンシーの3人をいっしょに撮《と》ってくれないかな？」

「ぼくたち、3人並《なら》んだ席だけど、正面から撮《と》ると背景《はいけい》がほとんど壁《かべ》になっちゃうね。海が見える位置がいいんだけどな」

ぼくは後ろの壁《かべ》を振《ふ》り返りました。

「ディランと、わたし、そしてナンシーが並《なら》んで座《すわ》っている場所が、ちょうど外の風景が一番きれいに写《うつ》るわね。私は少しの間、席を交換《こうかん》してもかまわないけど、ディラン、あなたはどう？」

ステラが左横に座《すわ》っているディランにたずねました。

「ぼくも全然かまわないよ。写真を撮《と》り終えたら、また元の席にもどればいいわけだしね」

ディランがおだやかな調子で返事しました。

「2人とも、ありがとう。ぼくたち5人、マジックパークでうまくやっていけそうだね。いい仲間に恵《めぐ》まれて本当によかった」

ジェイクがにっこりと笑いました。

「わたしが写真を撮《と》ってあげるわ。わたし、写真のコンクールで賞《しょう》を取ったことがあるほど写真を撮《と》るのが得意《とくい》なの。あなたたちが額《がく》に入れて飾《かざ》りたくなるようなとびっきりの1枚を撮《と》ってあげるわね」

ステラが両手でパシャッと写真を撮《と》る仕草《しぐさ》をしました。

こうして、ディランとステラは船の内側に移動《いどう》し、代わりにぼくとジェイクが空いた席に座《すわ》ることになったのです。

「3人とも笑顔を作って。そうそう、はい、チーズ」

ステラが絶妙《ぜつみょう》なタイミングで写真のシャッターを押《お》すと、ディランがぼくたちの背後《はいご》をうでを振《ふ》るわせながら指さしました。

「あ、あ、あ、……」

ぼくたちが不思議そうな顔をしながらお互《たが》いの顔を見つめ合っていると、突然《とつぜん》船内で耳が破《やぶ》れるほど大きな警報《けいほう》が鳴りました。

「こら、あなたたち！　指定の席以外に座《すわ》ったらダメって言ったでしょ！」

キーシャが大声でさけびました。

「ああ、もう手遅《ておく》れよ。とんでもないことになったわ」

キーシャが力なくそう言うと、カメラを持って窓の外を見つめていたステラが「キャー！」とさけび声をあげました。

ぼくと、ジェイク、ナンシーが同時に船外のほうを振《ふ》り向くと、得体《えたい》のしれない大きなかたまりが猛《もう》スピードでフリッピー号へ向かって迫《せま》ってきたのです。それは、体長20メートル以上もある、見たこともないほどの巨大《きょだい》ザメだったのです。

# 第8話　小さな勇者

さわやかな潮風《しおかぜ》を受けて走行するフリッピー号の中で、のどかに記念撮影《さつえい》を楽しんでいたぼくたちにさっそく危機《きき》が訪《おとず》れました。なんと体長20メートルを超《こ》える巨大《きょだい》ザメがぼくたちめがけて猛《もう》スピードで突進《とっしん》してきたのです。

「このままだと、あと1分くらいで追いつかれるぞ。あんな大きなサメに襲《おそ》われたら一巻《いっかん》の終わりだ」

LBC放送局のカメラマンが迫《せま》りくるサメに焦点《しょうてん》を当てながら言いました。

「こんな状況《じょうきょう》でもカメラをはなさないなんて、さすがはプロね、ダニエル。私《わたし》も視聴者《しちょうしゃ》に向けてこの状況《じょうきょう》を伝えなきゃ。テレビをご覧《らん》のみなさま。現在《げんざい》5人の当選者を乗せたフリッピー号がたいへんな危機《きき》に直面してしまいました。あの巨大《きょだい》なサメをご覧《らん》ください。とてつもないスピードでこちらに近づいてきています。子どもたちはいったいどうやってこの危機《きき》を乗り切ればよいのでしょうか」

顔面蒼白《そうはく》のナタリーがわずかに声をふるわせながら実況中継《じっきょうちゅうけい》を開始しました。

「きっと何かいい方法があるはずだ！　みんな、頭を使って考えるんだ！」

ディランが大声でさけびました。

「そんなこと言ったって、もうすぐこっちに追いついてくるよ！　ああ、どうしよう」

完全にパニック状態《じょうたい》に陥《おちい》ったぼくは、船内を右往左往《うおうさおう》しながら必死になって何かいい案を考えつこうとしました。

「あ、そうだ！　いいこと思いついた。キーシャ、君は楽器が得意《とくい》でしょ。あのオカリナのような楽器でサメの心を落ち着かせるような音楽を演奏《えんそう》できないかな？」

ぼくは一般席《いっぱんせき》でふるえているキーシャを懇願《こんがん》するように見つめました。

「マジックパークではルールを重んじることが大切なの。今回、あなたたちが指定席以外に座《すわ》ることで、違反行為《いはんこうい》の信号が座席《ざせき》から発信されてしまったのよ。あの巨大《きょだい》ザメは海中を伝わった違反《いはん》信号を受けて狂暴化《きょうぼうか》し、私《わたし》たちを敵《てき》とみなして襲《おそ》ってきてるの。そして、マジックパークでは、違反行為《いはんこうい》を犯《おか》した子どもたちは、自力《じりき》で難局《なんきょく》を乗り切らなければならないという決まりがあるの。だから、スタッフの私《わたし》が直接的《ちょくせつてき》な行動を取ることはできないわ」

キーシャが困《こま》った様子の表情を示しました。

「あっ、見て。危ない！」

ナンシーの言葉につられて船中の全員がいっせいに迫《せま》りくるサメのほうを向きました。巨大《きょだい》ザメはぼくたちの手前100メートルほどの位置まで迫《せま》り、そこからフリッピー号めがけて大きくジャンプしたのです。そして、大きくあいたその口からは鋭《するど》い歯を無数にのぞかせていました。

「誰《だれ》か、どうにかして！」

ステラがヒステリックな声を上げました。

「ああ、もうだめだ……」

ジェイクは力なくそう言うと、顔を真っ青にしてへなへなとその場に座《すわ》りこんでしまいました。

「ちょっとキーシャ、それ、借りるわよ」

そのとき突然《とつぜん》、ぼくのそばにいたナンシーがキーシャのほうに小走りし、彼女《かのじょ》が手に持っていたオカリナのような楽器をうばい取りました。そして、それを口元に近づけると、自ら演奏《えんそう》を始めたのです。

すると、船中から美しいメロディーが潮風《しおかぜ》に乗って海のほうへ流れていきました。その曲を聴《き》いたぼくたちの心はとてもおだやかになり、迫《せま》りくる危機《きき》による恐怖心《きょうふしん》が完全に消えてしまいました。そしてぼくの周りにいた仲間たち、ＬＢＣのスタッフ、そしてキーシャまでもが船中ですやすやと眠《ねむ》り始めたのです。

ぼくは眠《ねむ》ってはいけないと、必死にまぶたを開け続けようとしました。甲板《かんぱん》の上では、果敢《かかん》なナンシーが背筋《せすじ》をピンと伸《の》ばし、キリリとした表情《ひょうじょう》で曲を演奏《えんそう》し続けているようでした。睡魔《すいま》に負けまいと抵抗《ていこう》を続けたぼくの体も限界《げんかい》に達し、そのまま立ち続けることができず、その場に座《すわ》りこんでしまいました。そして、ぼくの重たいまぶたが閉《と》じる直前、視界《しかい》にはフリッピー号の窓の外に迫《せま》る大きなサメが映《うつ》ったのです。巨大《きょだい》ザメは目も口も閉《と》じ、完全に熟睡《じゅくすい》した状態で水中に頭から突《つ》っこむと、バシャンと大きな音を立て、そのまいなくなってしまいました。

水しぶきを全身に浴びて服がびしょびしょになったぼくは、ナンシーのほうを見ると両手の親指をたて、笑顔のまま体を甲板《かんぱん》に横たえると、そのまま深い眠《ねむ》りに落ちていったのです。

ナンシーの勇気ある行動によって、間一髪《かんいっぱつ》で巨大《きょだい》ザメから救《すく》われたぼくたちは、眠《ねむ》りから覚《さ》め、フリッピー号に乗ってゴールドフィンチ島に向かって航行《こうこう》を再開《さいかい》しました。

「ご乗船のみなさまに申し上げます。当フリッピー号は間もなくゴールドフィンチ島に到《とう》着《ちゃく》いたします。お荷物のお忘《わす》れ物《もの》がないようにお気をつけください」

案内役のキーシャがよどみなく言いました。

「いよいよ、到着《とうちゃく》だね。マジックパークにはどんな遊び場や遊具があるのかな。わくわくしてきた」

ジェイクが目を輝《かがや》かせました。

「わたしは、楽しみな反面、不安もでてきたわ。さっきのサメもそうだったけど、マジックパークが完全に安全な場所とは思えないもの。気を引きしめて行動しないとね」

ナンシーが注意をうながしました。

「ぼくはもっと前から気づいていたよ。マジックパークは冒険《ぼうけん》と試練《しれん》の場所なんだって。カイルが魔法《まほう》の壺《つぼ》に吸《す》いこまれたことを知ったときからね。まあ、どんな危険《きけん》や試練《しれん》が襲《おそ》ってきたとしても、ぼくは負けるつもりはないけど。ぼくは絶対《ぜったい》マジックパークでカイルを見つけるんだ」

ぼくは言葉に力をこめました。

「ほら、もう岸に着くよ。降《お》りる準備《じゅんび》をしなきゃ」

ディランの言うとおり、フリッピー号はすでに岸まで数メートル手前まで迫《せま》り、減速《げんそく》しながらゆっくりと止まりました。

「ついに着いたわね。ああ、早く魔女《まじょ》の猫《ねこ》に会いたい」

ステラがうきうきした様子で立ち上がりました。

「ご乗船のみなさま。当フリッピー号はただいまゴールドフィンチ島に到着《とうちゃく》いたしました。ただいまより下船《げせん》を始めますので、お荷物を持っておひとりさまずつ、私《わたし》について来てください」

キーシャが扉《とびら》を指さすと、フリッピー号の出口が開き、その下にあるフリッピーの体がわずかに変形して、階段《かいだん》のような形になりました。

「さあ、降《お》りるわよ」

キーシャに連れられて、ぼくたちは一列縦隊《じゅうたい》でフリッピー号から降《お》り、海の向こう側にあるぼくたちの住むラムズ・クウォーター村のほうを見つめました。

「ラムズ・クウォーター村のみなさん、行ってきます！」

ぼくは潮風《しおかぜ》の吹《ふ》く中、声を限《かぎ》りにさけびました。そして、くるりと180度回転し、目の前にあるマジックパークの入り口を見つめました。入り口の横には木造《もくぞう》の小屋があり、その中には検札《けんさつ》係と思われるスタッフが待機していました。

「さあ、いよいよ入園ね。検札《けんさつ》係のジョセフが名簿《めいぼ》をチェックするから、自分の名前をフルネームで伝えてから入場してくださいね」

キーシャがぼくたちを入り口まで誘導《ゆうどう》しました。

「ようこそ、お客さま。さあ、園内に持ちこむ3つの道具もここでチェックするから、かばんを開けた状態《じょうたい》で一人ずつこちらへいらしてください」

ジョセフと呼《よ》ばれた真っ白く長いあごひげを伸《の》ばしたおじいさんがブースの中からしわがれた声を上げました。そして、ぼくたち5人は1人ずつ入り口で本人確認《かくにん》と荷物検査《けんさ》を受け、無事にマジックパークに入園することが認《みと》められたのです。

園内に入ったぼくたちは遊園地に特有の明るい音楽で迎《むか》えられ、目の前ではさまざまな色の衣装《いしょう》を着た5人の小人たちがダンスを披露《ひろう》してくれました。そして、うっとりするようなダンスが終了《しゅうりょう》すると、小人たちはぼくたち5人に歩み寄《よ》り、握手《あくしゅ》をしながらマジックパークの地図をくれたのです。

「みなさん、マジックパークへようこそ。ここはとても広くて楽しい場所です。道に迷《まよ》うといけないのでこの地図をご利用ください。遊具や遊び場の案内はキーシャに一任《いちにん》していますので、彼女《かのじょ》からはぐれないよう、お気をつけくださいね」

緑色の衣装《いしょう》を着た小人がかわいらしい声を出し、会釈《えしゃく》しました。

「それではみなさま、地図をご覧《らん》ください。ただいまより最初の遊び場へとご案内いたします。ここから東側へ少々歩きますので、はぐれることのないよう、くれぐれもご注意ください」

キーシャはそう言うと、先頭を切って東側に向かって歩き始めました。

「東側ってことは、滝《たき》のある場所だね。最初の遊び場には何があるのかな」

地図を見ながらぼくは想像《そうぞう》をふくらませ、はずむような足どりでみんなに遅《おく》れないよう歩き始めました。

## 第9話　森の散策道《さんさくどう》

マジックパークに入園したぼくたちが最初に向かったのはゴールドフィンチ島の東部で

した。地図によると、最初の遊び場にたどり着くためには「森の散策道《さんさくどう》」と呼《よ》ばれるハイキングコースを通る必要があり、目的地の付近には「空の滝《たき》」という名の滝《たき》があることが記《しる》されていました。

ぼくたちは今、キーシャに続き、「森の散策道《さんさくどう》」の入り口に向け、きれいに舗装《ほそう》された色とりどりのレンガの道を歩いていました。左右を見渡《みわた》すと緑の草が生《お》い茂《しげ》り、ところどころにウシや、ヤギ、ヒツジがいて、無限《むげん》に生える草をおいしそうに食べていました。

しばらく進むと前方に洞窟《どうくつ》のような半円形の入り口が見えてきました。目を凝《こ》らして見てみると、その半円形の入り口を形づくっているのは、奇妙《きみょう》に湾曲《わんきょく》した無数の木や植物であることがわかりました。

「あれが『森の散策道《さんさくどう》』の入り口よ。さあ、みんな、行きましょ」

キーシャが前方の入り口を指さしました。

「すごい。木が真っすぐでなく、湾曲《わんきょく》して生えているね。かくれ家《が》に入るみたいで、わくわくしてきた」

ジェイクが目を輝《かがや》かせました。

「わたしはちょっとこわいわ。変な動物とか出てこないでしょうね」

ステラが不安そうな表情をしました。

そして、しばらく前方に進んだぼくたちはとうとう「森の散策道《さんさくどう》」の入り口までやって来たのです。

「さあ、入るぞ」

ディランが両手のこぶしをぎゅっとにぎりしめました。

森の洞窟《どうくつ》の中に足を踏《ふ》み入れたぼくは、その美しい景観《けいかん》に見とれ、口をぽかんと開けながら、しばらくその場に立ちつくしてしまいました。森の中には青や、赤、緑や黄色など、さまざまな色の鳥たちが飛びかい、虫や鳥たちが奏《かな》でる音楽が静寂《せいじゃく》の中にひびき渡《わた》り、ぼくはまるで大自然が生み出したコンサートホールの中に招《まね》かれた貸《か》し切り客になったかのような感動を覚えたのです。

「わあ！　なんてきれいな場所なんだろう。ぼく、ずっとここにいたいくらいだよ」

ぼくは胸《むね》に熱いものがこみあげてくるのをおさえながら言いました。

「ほんとね。まるで、おとぎ話の世界のようだわ。マジックパークがこんなにすてきな場所だとは思わなかったわ」

ナンシーがうっとりした表情《ひょうじょう》で森の風景をつくづくとながめました。

「川のせせらぎが聞こえるね。きっと近くに川があって、その水が『空の滝《たき》』に流れこんでいるんだね」

ジェイクはおだやかな声でそう言うと目をつぶり、耳を澄《す》ませました。

「ここ、『森の散策道《さんさくどう》』はマジックパークの中でも随一《ずいいち》の自然名所なのよ。癒《いや》しを味わいながら散策《さんさく》を楽しんでね」

案内役のキーシャが誇《ほこ》らしげにぼくたちを見ました。

森林浴を楽しみながら散策道《さんさくどう》を歩み進めると、ぼくは、遠くから煙《けむり》が上がっているのに気づきました。

「あれを見て！　煙《けむり》だ。火事かな？」

ぼくが前方を指さすと、ディランが言いました。

「いや、あれは民家《みんか》だ。わらぶき屋根の家が見える」

ディランの言うとおり、よく目を凝《こ》らしてみると前方にはわらぶき屋根の家があり、そこからは炊事《すいじ》によるものと思われる煙《けむり》がもくもくと上がっていたのです。

「あそこで、いったん休憩《きゅうけい》させてもらいましょ。ゆっくり座《すわ》って森の景色を楽しむといいわ」

キーシャが提案《ていあん》しました。

わらぶき屋根の民家《みんか》にたどり着いたぼくたちを迎《むか》えてくれたのは、民族衣装《いしょう》を着た女性《じょせい》と2人の子どもたちでした。

「マジックパークへようこそ。私《わたし》はサラ。この子たちは私《わたし》の娘《むすめ》のウェンディと息子《むすこ》のチャンスよ。お茶を出しますからゆっくりと休んでいってくださいね」

家主と思われる女性《じょせい》はそう言うと、ぼくたちを木造《もくぞう》のテーブルとベンチが置いてある場所に案内し、お茶を淹《い》れに奥《おく》の台所へと移動《いどう》しました。向かい合わせのベンチに座《すわ》ったぼくたちは、会話をすることも忘《わす》れ、しばらくの間ゆっくりと外の美しい情景《じょうけい》に見とれていました。

「さあ、お茶とおだんごをお楽しみください」

台所からもどってきたサラが、ぼくたちにとても良い香りのするお茶と串《くし》にささっただんごを出してくれました。

「わあ、このお茶おいしい！　わたし、こんなの初めて飲んだわ」

ナンシーが幸せそうに淹《い》れたての熱いお茶をすすりました。

「おだんごもすごくおいしいね！　もちもちする」

ジェイクがだんごをほおばりながら、幸せそうな表情《ひょうじょう》をしました。

「このお茶はゴールドフィンチ島だけに原生するウーパと呼《よ》ばれる茶葉から作ったもので、とても貴重《きちょう》なのよ。おだんごは森の中でとれたユリの根を野生米に練りこんで作ったものなの」

サラのそばにいたウェンディが言いました。

ぼくたちがお茶とだんごを満喫《まんきつ》していると、奥《おく》にある扉《とびら》の閉《と》じた部屋からゴホゴホと咳《せ》きこむ音が聞こえてきました。

「パパの病気なかなか治らないね。はあ、困《こま》ったな」

ウェンディの後ろに立っていたチャンスが奥《おく》の部屋を見ながら言いました。

チャンスの悲しげな表情《ひょうじょう》を見たぼくは、彼《かれ》に同情し、何かできることがあるなら手を貸《か》してあげたいと切に思いました。

「奥《おく》の部屋に君たちのお父さんがいるの？　すごく具合が悪そうだね」

ぼくはウェンディとチャンスを交互《こうご》にじっと見つめました。

「お父さん、もう1か月以上も体調をくずしているんだ。食べ物もあまり食べられなくなって、やせてきちゃって、ぼく、心配で心配でしょうがないんだ」

チャンスが悲しげな表情《ひょうじょう》でうつむきました。

「かわいそうに。何かいい薬とかはないの？　お医者さんには診《み》てもらったの？」

ナンシーが心配そうにたずねました。

「主治医《しゅじい》の先生が毎週様子を見にやって来てくれるんだけど、すごく特殊《とくしゅ》な難病《なんびょう》らしくて、治療薬《ちりょうやく》が簡単《かんたん》には作れないそうなの」

そばにいたウェンディが答えました。

「簡単《かんたん》には作れないってどういうこと？」

ジェイクが身を乗り出してたずねました。

すると後ろでじっとぼくたちの会話を聞いていたサラが、すっと前に出てきて言ったのです。

「ドノバンの病気は万年咳《まんねんぜき》といって、治療法《ちりょうほう》はわかっているんだけれども、薬を作るのにとても希少《きしょう》な材料が必要なの」

「何ていう材料が必要なんですか？」

ディランがすかさずたずねました。

「桃色《ももいろ》バチが作るハチミツと、アプリシアの木の実、それに透明魚《とうめいうお》の油よ。どれもこの森の中で取れる素材《そざい》だけれども、見つけるのも採取《さいしゅ》するのもとてもたいへんなものばかりなの」

サラがため息まじりに答えました。

「主治医《しゅじい》のテイラー先生から薬の材料について聞いて以来、ぼくとウェンディで森中を探《さが》しまわったんだ。そして、どうにか桃色《ももいろ》バチの巣とアプリシアの木を見つけることができたんだけど、どちらも取るのがすごく難《むずか》しくて、結局まだ1つも材料が手に入ってないんだ」

チャンスがくやしそうにうつむきました。

「ねえ、みんな、ドノバンさんの病気を治すために、材料集めを手伝ってあげようよ。空の滝《たき》の遊び場に行くのは、そのあとでもいいと思うんだ」

ぼくは決心を固めて仲間たちを見回しました。

「でも、わたしたちがマジックパークで遊べるのは今日一日だけなんでしょ。手に入れることができるかどうかもわからない物に時間を使ってたら、まったく遊べずに閉園《へいえん》の時間になっちゃうわ」

ステラが不機嫌《ふきげん》そうな表情《ひょうじょう》を浮《う》かべました。

「時間のことなら何も気にしなくていいわよ。マジックパークで遊べるのはたしかに今日一日だけだけれど、この島には魔法《まほう》がかかっていて、すべての遊具や遊び場を経験《けいけん》するまで一日が終わらないようになっているの。魔女《まじょ》は時間だって操作《そうさ》できるのよ。すごいでしょ」

キーシャが右のこぶしで得意《とくい》げに胸《むね》をポンとたたきました。

「そういうことなら私は別にかまわないけど。人助けって、なんだかカッコいい感じがするし」

時間の仕組みを知ったステラは安心したのか、急に不機嫌《ふきげん》がおさまったようでした。

「ほかのみんなはどう？」

ぼくは仲間たちをぐるりと見ながらたずねました。ジェイク、ナンシー、ディラン、そしてステラの表情《ひょうじょう》は、まるでこれから始まる冒険《ぼうけん》が待ちきれないかのように笑顔で輝《かがや》いていました。

「じゃあ、決まりだね。チャンス、ウェンディ、君たちに案内してもらうよ」

ぼくは堂々《どうどう》とした口調で２人を見つめました。

「なんだかおもしろい展開《てんかい》になってきたわね。ダニエル、何があってもカメラをはなしちゃだめよ」

ＬＢＣ放送局のナタリーが期待に満ちた表情《ひょうじょう》で言いました。

「みんな、ありがとう。せっかくここに遊びに来たのに、ぼくたちのために時間を使ってくれて本当にうれしいよ」

チャンスが服のそでで、目にたまった涙《なみだ》をぬぐいました。

「本当にあなたたちには感謝《かんしゃ》するわ。じゃ、じゃあ、今から桃色《ももいろ》バチの巣にハチミツを取りに行くわよ」

ウェンディが少しおびえた様子の声を出しました。

「ウェンディ、何で声がふるえてるの？」

ウェンディの表情《ひょうじょう》を見たナンシーが不思議そうにたずねました。

「いっしょに来ればわかるわ」

ウェンディの青ざめた表情《ひょうじょう》を見たとき、ぼくは誰《だれ》にも言い出せなかったのですが、なんだか少し不安な気持ちになってきました。

# 第10話　桃杉《ももすぎ》

ウェンディとチャンスの父、ドノバンさんが万年咳《まんねんぜき》という難病《なんびょう》を患《わずら》っているということを知ったぼくたちは、希少《きしょう》な薬の原料を手に入れるのを手伝うことにしました。必要な原料は、桃色《ももいろ》バチが作るハチミツと、アプリシアの木の実、そして透明魚《とうめいうお》の油の3つです。

ぼくたちはまず、ウェンディとチャンスがすでに発見した桃色《ももいろ》バチの巣に向かうことにしました。

「それにしてもこの森の中は本当に落ち着くわ。鳥や虫たちの鳴き声、そよ風に揺《ゆ》れる木の葉の音、それに川のせせらぎ、まさに大自然の協奏曲《きょうそうきょく》ね」

ザクザクと落ち葉を踏《ふ》み鳴らしながら歩くナンシーの表情《ひょうじょう》はとても満足そうでした。

「この森にはいろいろな種類の木が生えているんだね。あの木を見て。ぼく、あんな太い木を見るのは初めてだよ」

ぼくは前方の大樹《たいじゅ》を指さしました。

「本当だ。この木、ぼくたち全員が手をつないでも囲《かこ》めないくらいの太さだね。この木に穴《あな》をあければ、中に住めるんじゃないかな」

ジェイクは大木の寸法《すんぽう》を測定《そくてい》するかのように両手を思いきり広げました。

「この木はマジックパークに原生《げんせい》するヌマスギの一種で世界最大級の木なのよ。実際《じっさい》に見るととても感動的よね」

キーシャが大樹《たいじゅ》をあおぐように見上げました。

「桃色《ももいろ》バチは、桃杉《ももすぎ》と呼《よ》ばれる木に巣を作るの。わたしたちの知る限《かぎ》り、桃杉《ももすぎ》の木はこの森の中で一本だけしか見つかっていないわ。森は広くて道に迷《まよ》うといけないから、桃杉《ももすぎ》に向かうときはわたしたち、いつもこのヌマスギを目印にしているの」

ウェンディが言いました。

ウェンディとチャンスを先頭にして、ぼくたちはヌマスギの木からさらに北側に15分ほど移動《いどう》しました。

「さあ、着いたわよ。見て、あれが桃杉《ももすぎ》の木よ」

ウェンディが指さす方向を見ると、ぼくたちの視界《しかい》に桃色《ももいろ》に輝《かがや》く木が映りました。

「まあ、きれいな木。幹《みき》が桃色《ももいろ》で、しかもきらきらと輝《かがや》いているわ」

ステラが見とれるように桃杉《ももすぎ》を見つめました。

「あ、あそこにハチの巣があるのが見えるよ。あれが桃色《ももいろ》バチの巣じゃないのかな」

ディランが幹《みき》から大きな枝が分岐《ぶんき》しているあたりを指さしました。

「そう、あれが桃色《ももいろ》バチの巣よ。巣の色も桃色なのが特徴《とくちょう》なの」

ウェンディが木の中間くらいの高さに位置する巣をながめながら説明しました。

「がんばれば意外と簡単《かんたん》に取れそうだけどなあ」

のん気そうにそう言ったジェイクの表情《ひょうじょう》が、木の根元のわきにある大きな灰色《はいいろ》のかたまりを見たとたん、急に張りつめました。

「あ、あれ……」

何かがのどにつまったかのような声で、ジェイクはその大きなかたまりを指さしました。

「桃色《ももいろ》バチのハチミツに目がない灰色《はいいろ》グマがあそこにいるから、ぼくたち手も足も出なかったんだ」

チャンスが力なく言いました。

「あのクマ、絶対《ぜったい》にあそこから動こうとしないの。へたに近づいたら襲《おそ》われるかもしれないし、いったいどうしたらいいのかしら」

ウェンディが困《こま》った様子でぼくたちをながめました。

「これはやっかいだな。あの木に近づくと、あのクマはきっとぼくたちを敵《てき》とみなすだろうからね」

ディランが眉間《みけん》にしわをよせながら、うで組みをしました。

「どうにかあのクマとなかよくなる方法はないのかしら。何かエサをあげればなつくかな」

ステラが思案《しあん》しながら提案《ていあん》しました。

「ちょっと危険《きけん》かもしれないけど、わたしにいい考えがあるわ。うまくいくかわからないけど」

ナンシーが突然《とつぜん》大きな声を出しました。

「ねえ、みんな、わたしの作戦がもしうまくいかなかったら絶対《ぜったい》に助けてね。約束よ」

「いったいどんな作戦を思いついたの？　話してみせてよ」

ぼくがナンシーにたずねると、ナンシーは無言で背負《せお》っていたリュックサックを肩《かた》から下ろし、中をゴソゴソと探《さぐ》りながら何かを取り出しました。それは、ぼくとジェイクとナンシーで買い物をしたときに彼女《かのじょ》が買った、かわいらしいクマのぬいぐるみだったのです。

「このクマのぬいぐるみ、とてもかわいいから、こんなの持っていたらあの灰色《はいいろ》グマだって私たちを襲《おそ》おうだなんて思わなくなるはずだわ」

「ナンシー、それはいくらなんでも無謀《むぼう》だし、危険《きけん》すぎるよ。あのクマ、まだぼくたちに気づいていないみたいだし、もっとじっくり別の作戦を考えたほうがいいと思うよ」

ジェイクが木のそばで横たわっているクマを見て身ぶるいしました。

「ジェイクの言うとおりだ。クマの力をみくびったらたいへんなことになるよ。もっと安全な方法を考えよう」

ディランが説得《せっとく》しました。

「こういうのはどうかしら。まず近くで安全に避難《ひなん》できる場所を見つけて、それからわたしたちを2つのグループに分けるの。1つ目のグループの役目はクマの注意を引いて、桃《もも》杉《すぎ》の木からクマをできる限《かぎ》り引きはなそうとすることよ。そして、その間にもう1つのグループが実際《じっさい》に桃杉《ももすぎ》の木から桃色《ももいろ》バチの巣を取るの」

ステラが提案《ていあん》しました。

「すごくいい考えだけど、1つ問題があると思うよ。それは、どうやって桃色《ももいろ》バチの巣を取るのかっていうこと。巣に近づくと、きっと桃色《ももいろ》バチはぼくたちを敵《てき》とみなして、攻撃《こうげき》してくるはずだよ。ぼく、小さいころハチに刺《さ》されたことがあるけど、すごく痛《いた》いんだ」

ぼくは思わず顔をゆがめました。

「でも、あのクマはどうやってハチミツを食べているのかな。桃色《ももいろ》バチは怒《おこ》ったらクマだって刺《さ》すはずでしょ？」

ジェイクが不思議そうに言いました。

ぼくたちが作戦に行きづまって困っていると、桃杉《ももすぎ》のわきに横たわっていた灰色《はいいろ》グマがむくりと起き上がり、桃杉《ももすぎ》の木に付いている巣のほうを向いて、く〜んと奇妙《きみょう》な鳴き声を出しました。すると木の中ほどに位置する巣の中から大量の桃色《ももいろ》バチが飛び出し、いっせいにクマのほうに向かっていったのです。

「危ない！　あのクマ、刺《さ》されちゃう」

ナンシーが口を片手でおおいました。

ぼくたちが固唾《かたず》をのんで状況《じょうきょう》を見守っていると、直立姿勢《しせい》だった灰色《はいいろ》グマはちょこんと座《すわ》り、両手をおわんのような形にして、迫《せま》りくる桃色《ももいろ》バチのほうをうれしそうに見つめていました。桃色《ももいろ》バチの大群《たいぐん》は、大きな羽音を立てながらクマのおなかの辺りまでやって来ると、なんとクマが両手で作ったおわんの中に、お尻《しり》についた注射針《ちゅうしゃばり》のような針《はり》から大量のハチミツを垂《た》らしていったのです。

あっという間にクマの両手はハチミツでいっぱいになり、クマはそれを至福《しふく》の表情《ひょうじょう》でぺろぺろとなめ始めました。そして、すべてのハチミツを平らげると、再びく～んと奇妙《きみょう》な鳴き声を出しました。すると、桃色《ももいろ》バチたちは巣に向かっていっせいにもどっていったのです。

「あのクマと桃色《ももいろ》バチはなかよしなんだね。円満《えんまん》にハチミツをもらうには、あの『く～ん』っていう鳴き声を出してもらうしかないんだ。ってことは、あのクマの協力なしにはハチミツは手に入らないってことだね。困《こま》ったなあ」

ぼくは指で額《ひたい》を押《お》さえながら思案《しあん》しました。

「ふふ。完璧《かんぺき》な作戦を思いついちゃったわ。わたしの言うとおりにすれば、ハチミツは簡《かん》単《たん》に手に入るわよ。ルーク、わたしにあなたの水筒《すいとう》を貸《か》してちょうだい。わたしがハチミツを取ってきてあげるから。あなたたちはさっきの作戦どおり、安全な避難《ひなん》場所を見つけて、灰色《はいいろ》グマをできる限《かぎ》り桃杉《ももすぎ》から引きはなしてちょうだい」

ナンシーが早口に言いました。

「ナンシー、何を言ってるんだ。あのクマがいないとハチミツは取れないんだよ。桃杉《ももすぎ》からあのクマを引きはなしたら、君はきっと桃色《ももいろ》バチに刺《さ》されてしまうと思うよ」

ディランが呆《あき》れた様子で両肩《かた》を上げました。

「そうだよ、ナンシー。いったい君は何を考えているんだ」

ジェイクが腹《はら》を立てた様子で少し声を荒《あら》げました。

「あなたたちは、わたしの言うとおりにすればいいの。これは絶対《ぜったい》うまくいく作戦なんだから」

ナンシーは自信満々の表情《ひょうじょう》でそう言うと、ぼくたちを見回してVサインを作り、にっこりとほほ笑んだのです。

# 第11話　ナンシーの奇策《きさく》

桃色《ももいろ》バチが灰色《はいいろ》グマとなかよしであることをつきとめたぼくたちが、次に取るべき行動がわからず途方《とほう》に暮《く》れていると、またもやナンシーが奇策《きさく》を思いついたようでした。しかし、いたずら心のなす技《わざ》か、ナンシーはもったいぶるかのようにその詳細《しょうさい》を語らぬまま、ぼくたちに指示《しじ》を出したのです。

「灰色《はいいろ》グマを桃杉《ももすぎ》から遠くまで誘導《ゆうどう》するって言っても、ぼくたちが安全に避難《ひなん》できる場所はそう簡単《かんたん》に見つけられないいんじゃないかな」

ディランが冷静《れいせい》な表情《ひょうじょう》でナンシーを見つめました。

「ディランの言うとおりね。今からみんなでそういう場所を探《さが》すとしても、けっこう時間がかかると思うわ。ナンシー、あなた、わたしたちがもどるまで何時間もここで待っていられるの？」

ステラが少しイライラした調子の声を出しました。

「あの……。ぼく、いい場所を知ってるんだけど」

張りつめた雰囲気《ふんいき》の中、チャンスがおずおずとした声で言いました。

「チャンス、ひょっとしてわたしたちが昔、パパに作ってもらったツリーハウスのことを言ってるの？」

ウェンディがすかさずたずねました。

「うん。あそこなら、ここからちょうどいい距離《きょり》だし、灰色《はいいろ》グマが来ても安全にかくれられると思うんだ」

「たしかにあそこなら安全かもしれないわね」

「よかった。じゃあ、わたしはここに残るから、あなたたちの中から灰色《はいいろ》グマの誘導班《ゆうどうはん》を決めてちょうだい」

ナンシーがてきぱきとした口調で言いました。

「クマってけっこう走るのが速いのよ。この任務《にんむ》は危険《きけん》をともなうから、足に自信のある人だけが参加すべきだと思うわ」

ウェンディがアドバイスしました。

「ツリーハウスまでの場所を知っているのはぼくだから、ぼくはクマ誘導班《ゆうどうはん》に立候補《りっこうほ》するよ。それにぼくは走るのがすごく速いんだ」

チャンスが誇《ほこ》らしげに右足のももをポンとたたきました。

「ぼくは道場で毎日走りこみをしていたから、瞬発力《しゅんぱつりょく》にも持久力《じきゅうりょく》にも自信がある。だからぼくも参加させてもらうよ」

ディランの口調はとても自信にあふれたものでした。

「じゃあ、チャンスとディランの二人にお願いするわ。しっかりたのんだわよ」

ナンシーが鼓舞《こぶ》するようにこぶしを顔の近くで縦《たて》に振《ふ》りました。

「あなたたちの活躍《かつやく》をどうしてもカメラに収《おさ》めたいわ。わたしとダニエルはここに残ってナンシー班の動きを撮影《さつえい》するから、ジェフリー、あなたは移動式《いどうしき》カメラで灰色《はいいろ》グマの誘導《ゆうどう》を追ってちょうだい」

ＬＢＣの記者、ナタリーが同行していたスタッフに指示《しじ》を出しました。

「よし、じゃあディラン、さっそくだけどぼくについて来て」

チャンスはそう言うと、灰色《はいいろ》グマの目線から外れるようにゆっくりと桃杉《ももすぎ》から北側に回りこんでいきました。チャンスの背後《はいご》には、勇猛果敢《ゆうもうかかん》なディラン、そしてＬＢＣのスタッフジェフリーが続きました。

そして、灰色《はいいろ》グマの視線《しせん》が向いている側と反対の位置までたどり着くと、チャンスがディランとジェフリーのほうを振《ふ》り返りました。

「いいかい。ぼくが合図したら全力で走ってぼくについてきてね」

チャンスはそう言うとすぐに、２本の指を口にくわえ、ピーッと大きな口笛《くちぶえ》を吹《ふ》いたのです。そして３人は森の中を北側に向け、全力で駆《か》け出しました。すると、耳をつんざくような騒音《そうおん》におどろいた灰色《はいいろ》グマは、怒《いか》り狂《くる》ったようにうなり声をあげ、３人を激《はげ》しい勢《いきお》いで追いかけ始めたのです。

「３人ともどうか無事でありますように」

ジェイクがクマのうなり声にがくがくとふるえながら、両手を組み合わせました。

「灰色《はいいろ》グマがいなくなった今がチャンスよ。今からわたしが桃色《ももいろ》バチのハチミツを取ってくるわ」

そう言うと、ナンシーはぼくから受け取った水筒《すいとう》とクマのぬいぐるみを持って、桃杉《ももすぎ》のほうへすたすたと歩いていったのです。そして、桃杉《ももすぎ》の木の下にたどり着くと、持っていたクマのぬいぐるみの背中《せなか》を親指でぐいと押《お》しました。

すると不思議なことに、ぬいぐるみは灰色《はいいろ》グマと同じ、「く〜ん」という鳴き声を出したのです。その声に反応《はんのう》したのか、桃色《ももいろ》バチの大群《たいぐん》が再《ふたた》び巣から飛び出し、ナンシーの目の前まで来ると旋回《せんかい》を始めました。

「このぬいぐるみ、録音機能《ろくおんきのう》がついてるの。さっき灰色《はいいろ》グマが鳴いたとき、わたし、ひそかにその声を録音《ろくおん》しておいたのよ」

ナンシーは自信たっぷりに親指を立てました。そして、落ち着いた調子で水筒《すいとう》のふたを開けると、桃色《ももいろ》バチはお尻《しり》の針《はり》からその中に大量のハチミツを落としていったのです。

あっという間に水筒《すいとう》はハチミツでいっぱいになり、ナンシーが再《ふたた》びぬいぐるみの背中《せなか》にあるボタンを押《お》すと、そこから発せられたく〜んという声に反応《はんのう》した桃色《ももいろ》バチの群れはいっせいに巣へともどっていったのです。

「ナンシー、あなた天才ね。だって最初はあのクマのぬいぐるみを別の目的で使おうとしてたんでしょ。とっさに灰色《はいいろ》グマの声を録音《ろくおん》するだなんて、信じられない機転《きてん》だわ」

ステラが尊敬《そんけい》の眼差《まなざ》しでナンシーを見つめました。

「ウェンディ、これで君のお父さんに出す薬を作る3つの材料のうち、1つが手に入ったね。本当によかった」

ジェイクがうれしそうにほほ笑みました。

「みんな、本当にありがとう。でも、チャンスとディランは無事かしら。すごく心配だわ」

ウェンディが不安そうな表情《ひょうじょう》で言いました。

「あの2人ならきっとだいじょうぶだと思うけど、たしかに心配だよね。とにかく今は彼《かれ》らがもどるのを待ってみよう」

ぼくが提案《ていあん》しました。

こうしてぼくたちは木陰《こかげ》に座《すわ》り、チャンスとディラン、そしてLBCのジェフリーがもどるのを待ち続けたのでした。

　ぼくたちが3人の帰りを待ち始めてから、2時間ほどがたちましたが、3人はいっこうに姿《すがた》を現《あらわ》しませんでした。

「ディランたち、遅《おそ》いわね。ひょっとしてクマに襲《おそ》われたんじゃないかしら。だってツリーハウスはここからそんなにはなれていない場所にあるんでしょ。こんなに待っても、もどってこないなんて、何かあったに違《ちが》いないわ」

　ステラがそわそわした様子で短い距離《きょり》を行ったり来たりしました。

「たしかに遅《おそ》すぎるわね。ツリーハウスはここから走れば5分くらいでたどり着ける場所にあるの。わたしたちもツリーハウスまで移動《いどう》したほうがいいかもしれないわ」

　ウェンディはそう言うとさっと立ち上がりました。

「万が一、2人がもどってきて、ぼくたちがいないことに気づいたら、きっとあわてると思うよ。だから何か伝言を残しておこうよ」

　ジェイクが提案《ていあん》しました。

　すると、ウェンディがポケットの中から彫刻刀《ちょうこくとう》のような物を取り出し、木の幹《みき》に文字を彫《ほ》り始めたのです。ぼくは目を凝《こ》らしてそこに彫《ほ》られた文字を見つめたのですが、ぼくが今まで見たこともない文字だったので、まったく意味がわかりませんでした。

「ねえ、ウェンディ、なんて書いてあるの？」

ぼくは好奇心《こうきしん》をおさえることができずウェンディにたずねました。

「これはわたしたちの民族に古くから伝えられている文字で、クルグ語というの。『ツリーハウスに向かう』って書いたんだけど、チャンスならこれを見ればすぐに理解してくれるわ」

「これではぐれてしまう心配はなくなったわね。じゃあ、ツリーハウスに向かって出発しましょ。灰色《はいいろ》グマに出くわしたらたいへんだから、目立たないように移動《いどう》しましょうね」

ナンシーが人差し指をくちびるに当てました。

こうしてぼくたちはツリーハウスに向け、森の中を静かに歩き始めたのです。

灰色《はいいろ》グマに出くわすこともなく10分ほどたったころ、ウェンディがぼくたちの前方にある白くて太い木を指さして言いました。

「あの木の上を見て。あれが、わたしたちがパパに作ってもらったツリーハウスよ」

ぼくたちがとても高いその木の上部をあおぐように見ると、そこにはとても立派《りっぱ》なツリーハウスが建っていたのです。

「まあ、すてき！　わたし、こんな場所でずっとキャンプをしてみたかったの！」

ステラが興奮《こうふん》した様子で目を輝《かがや》かせました。

「よかった。チャンスたち、きっとまだこの中にいるはずよ。縄《なわ》ばしごが下りていないもの」

ウェンディがほっと胸《むね》をなでおろしました。そして、木の上に向かって、クルグ語と思われる言語で大声でさけんだのです。

すると、ツリーハウスから、木とロープで作られたはしごがシュルシュルと下りてきました。

「さあみんな、上《のぼ》りましょ」

ウェンディの言葉に従《したが》って、ぼくたちは1人1人順番にツリーハウスに向かってはしごを上《のぼ》りました。しかし、扉《とびら》の中に入ろうとしたまさにそのとき、ぼくはショックで声を失ってしまったのです。

# 第12話　アプリシアの木

何事もなくツリーハウスまでたどり着いたぼくたちでしたが、いざはしごを上《のぼ》って扉《とびら》を開けたとき、ぼくは愕然《がくぜん》としてしまいました。なぜならツリーハウスの中には、左脚《あし》を包帯でぐるぐる巻《ま》きにされたディランが苦痛《くつう》の表情《ひょうじょう》で横たわっていたからです。そのそばにはチャンスとジェフリーがやつれた様子で座《すわ》っていました。

「ディラン！　いったい何があったの？」

ナンシーが甲高《かんだか》い声を上げ、中にいたチャンスとディランを交互《こうご》に見渡《みわた》しながらたずねました。

「灰色《はいいろ》グマにやられたんだ。ツリーハウスまであと少しというところで、カメラを持っていた私《わたし》がクマに追いつかれて襲《おそ》われそうになったんだ。クマが私《わたし》めがけて両うでを振《ふ》り上げたそのとき、ディランが私《わたし》の前に走り出て、クマの注意をそらしたんだ。その間にチャンスが私《わたし》の手を引っ張り、ツリーハウスの中まで連れて上がってくれたのだが、ディランとクマの接近戦《せっきんせん》が始まってしまったんだ。ディランの華麗《かれい》な動きと攻撃《こうげき》で、灰色《はいいろ》グマの撃《げき》退《たい》には成功したものの、ディランは左脚《あし》をクマにひっかかれ、重傷《じゅうしょう》を負ってしまったんだ」

ＬＢＣ職員《しょくいん》ジェフリーの表情《ひょうじょう》は青ざめ、額《ひたい》には無数の冷や汗《あせ》が浮《う》かんでいました。

「傷《きず》がだいぶ深くて、骨折《こっせつ》はしていないようだけど、出血量がすごいんだ。ぼくはディランの手当てで身動きが取れず、ジェフリーはぎっくり腰《ごし》になってしまって、君たちに報告に行くこともできなかったんだよ」

チャンスが生気《せいき》のない表情《ひょうじょう》でぼくたちを見上げました。

「困《こま》ったことになったね。ウェンディとチャンスのお父さんを何とかして助けてあげたいけれど、ディランがこんなに大けがを負っているとなると、これ以上マジックパークで行動することも難《むずか》しいんじゃないかな。キーシャ、ぼくたちリタイアして村に帰ったほうがいいかと思うんだけど。ディランも病院に連れて行く必要があるだろうし」

ジェイクがキーシャの判断《はんだん》をあおぎました。

「心配はいらないわ。ナンシー、あなた水筒《すいとう》にたっぷりと桃色《ももいろ》バチのハチミツが入っているでしょ。ドノバンさんの薬を作るのには十分すぎるくらいの量だと思うわ。じつは桃色《ももいろ》バチのハチミツは優秀《ゆうしゅう》で、けがにもおどろくべきほどの効能《こうのう》があるのよ。ちなみに小さじに1杯《ぱい》なめるだけで、抜群《ばつぐん》の疲労回復効果《ひろうかいふくこうか》も期待できるわ」

キーシャの力説《りきせつ》にぼくは少し期待がふくらみました。

「桃色《ももいろ》バチのハチミツ、手に入れられたんだね。みんな、ありがとう！」

チャンスがうれしそうに目を輝《かがや》かせました。

「ナンシーがすごい作戦を思いついたおかげよ。彼女《かのじょ》に感謝《かんしゃ》しなさいね」

ステラがナンシーをちらっと見ました。

「じゃあまず、桃色《ももいろ》バチのハチミツをディランの脚《あし》に塗《ぬ》りこんでみましょ。そして、みんな走ったりして疲《つか》れていると思うから、小さじに1杯《ぱい》ずつハチミツをなめたほうがいいと思うわ」

ナンシーはそう言うと、ディランの左脚《あし》に巻《ま》かれた包帯をするすると外しました。

「わあ。これはひどいね。本当に痛《いた》そう」

ディランのけががあまりにも深かったので、ぼくは思わず目をつぶってしまいました。

「わたしが塗《ぬ》るわ。けがの手当てとか慣《な》れているから」

ウェンディはさっと立ち上がり、ツリーハウスの奥《おく》から小鉢《こばち》を持ってきて、そこにハチミツを垂《た》らし、少しずつディランの傷口に塗《ぬ》っていきました。すると不思議なことに、ディランの傷《きず》がみるみるうちにふさがっていき、かさぶたができ、そしてついに完全に修復《しゅうふく》されてしまったのです。

「す、すごい。桃色《ももいろ》バチのハチミツって、なんてすばらしいんだろう」

ジェイクがあっけに取られた様子で口をぽかんと開けました。

そしてぼくたちは全員、桃色《ももいろ》バチのハチミツを小さじに1杯《ぱい》ずつなめたのです。

「わあ、すごい！　体の疲《つか》れが一気になくなった感じがする。なんだか思いっきり走りたいくらいに元気になってきた！」

ぼくは興奮《こうふん》しながら片《かた》うでをぐるぐると回しました。

すると突然《とつぜん》、目の前で横たわっていたディランがむくっと起き上がったのです。

「みんな、ありがとう。ぼくはもうダメかと思ったけど、君たちのおかげで完全に体力を取りもどすことができたよ。さあ、次はアプリシアの木の実を取りに行こう。チャンス、ウェンディ、君たちアプリシアの木を見つけたって言ってたよね。案内をたのむよ」

「うん。わかった。さっそく出発しよう。ただ、木の実を取るのは本当にたいへんだと思うけど……」

チャンスが表情を曇《くも》らせました。

「だいじょうぶよ。桃色《ももいろ》バチのハチミツだって、わたしたちだけじゃ取れなかったけど、みんなの力を借りて取ることができたじゃない。みんなで力を合わせたら、アプリシアの木の実だって何とかなるかもしれないわ」

ウェンディがチャンスの肩《かた》をトンとたたきました。

こうして、体力を完全に取りもどしたぼくたちは、意気揚々《ようよう》と次の目的地、アプリシアの木に向けてツリーハウスを出発したのです。


「アプリシアの木って、ここから遠いの？」

出発後まもなく、ぼくがチャンスにたずねました。

「ツリーハウスから2キロくらいはあるかな。だから30分くらいは歩くことになるかもね」

「わたしたちが見つけたアプリシアの木は1か所に5本群生《ぐんせい》していたの。木の上のほうに実がなっているのを確《たし》かめることができたんだけど、とても簡単《かんたん》に取れるような高さではなかったわ」

ウェンディがため息まじりに首を横に振《ふ》りました。

「でも木の実だったら地面に落ちてくるはずだから、それを拾えばいいんじゃないかな。

ほら、ドングリだって秋になるとたくさん木の下に落ちてるでしょ」

ジェイクが左の手のひらを右手のこぶしでポンとたたきました。

「それなら話は楽なんだけど、主治医《しゅじい》のテイラー先生によると、アプリシアの実は地面に落ちるときには茶褐色《ちゃかっしょく》に変色してしまい、薬としての成分がほとんどなくなってしまうらしいの。まだ木になっている緑色の実には、薬として役立つ有効《ゆうこう》成分がたくさんふくまれているらしく、それを取らないと意味がないらしいの」

肩《かた》を落としたウェンディが答えました。

「じゃあ、高いはしごが必要ね」

ステラがすかさず提案《ていあん》しました。

「ぼくたちの家にあるはしごでは、あの高さには到達《とうたつ》できないんだ。しかも木を見るとよくわかると思うけど、あれはどう考えてもふつうの木じゃないんだ」

チャンスが真剣《しんけん》な表情《ひょうじょう》をしました。

「ふつうじゃないって、どういうこと？」

ナンシーが怪訝《けげん》な様子でたずねました。

「まあ、自分の目で確《たし》かめてみてよ。それからいっしょに作戦を考えよう」

チャンスがはぐらかすかのような返事をしました。

それからしばらくの間、ぼくたちはウェンディとチャンスのあとに続き、森の中を歩いていきました。どこをどう歩いたのか、ぼくはさっぱりわかりませんでしたが、ツリーハウスを出発してから30分ほどが経過《けいか》したとき、ウェンディが前方を指さしました。

「さあ、着いたわ。あれがアプリシアの木よ」

ウェンディが指さす方向を見ると、前方に、高さ50メートルほどはあると思われる、とても高い木が5本生えているのがわかりました。しかも不思議なことに、どれも表面がまるでサルスベリのようにつるつるで、5本とも幹《みき》の色が異《こと》なっていたのです。

「これが全部、アプリシアの木なの？　幹《みき》の色が全部違《ちが》っているね」

ディランが目を丸くして、アプリシアの木々を見つめました。

ディランの言うとおり、木の幹《みき》はそれぞれ、白、灰色《はいいろ》、薄黄色《うすきいろ》、薄緑色《うすみどりいろ》、薄茶色《うすちゃいろ》ですべて色が異《こと》なっていました。

「ほら、あれがアプリシアの実だよ」

チャンスがはるか頭上を指さしました。

よく目を凝《こ》らして見ると、木の上部の細い枝にたくさんの緑色の実がなっているのが確《かく》認《にん》できたのです。

「あんなに高い位置まで行くには、やっぱりはしごを作るしかないね」

ディランがうで組みをしながら木の幹《みき》を見据《みす》えました。そして、薄茶色《うすちゃいろ》の木の手前まで歩くと、木の幹《みき》の表面をさわろうと右手を振《ふ》り上げたのです。

「さわっちゃダメだ！」

チャンスがすばやく言いました。

ディランがチャンスの言葉に反応《はんのう》し、幹《みき》まであと数センチというところで手を引っこめたその瞬間《しゅんかん》、薄茶色《うすちゃいろ》の木の幹《みき》から無数の大きな鋭《するど》いトゲが出てきて、すさまじい速度で勢《いきお》いよく1メートルほど外側に飛び出したのです。

「わあ！」

すばやい反射神経《はんしゃしんけい》でディランが後ろ側にジャンプして、薄茶色《うすちゃいろ》のアプリシアのトゲによる攻撃《こうげき》をかわしました。

「先に言わなくてごめん。薄茶色《うすちゃいろ》の木からトゲが出ることは知らなかったけど、ぼくとウェンディがこの木を初めて見つけたとき、ぼくは薄黄色《うすきいろ》の木の幹《みき》をさわろうとしたんだ。そしたら、幹《みき》から黄色いガスが出てきて、1時間ほど気を失ってしまったんだよ。ウェンディは少しはなれた場所に立っていたからガスを吸《す》わずにすんで、ぼくのことを背負《せお》って家まで帰ってくれたけど、それ以来、ぼくたち、この木がおそろしくてずっと近づけずにいたんだ」

「薄黄色《うすきいろ》の幹《みき》から出たのは催眠《さいみん》ガスだと思うわ。人体には影響《えいきょう》はなさそうだったけど、吸《す》いこむと1時間ほど眠《ねむ》りこんでしまうみたいなの。きっとアプリシアの木には防衛本能《ぼうえいほんのう》があって、実を守るために、人が近づくと攻撃《こうげき》するようになっているのね」

ウェンディが添《そ》えるように説明しました。

「残りの木はどうなのかしら。5本のうち2本は攻撃本能《こうげきほんのう》があるのはわかったけど、残りの3本は確《たし》かめてみないとわからないいんじゃないかしら。はしごを作るにしても、なるべく安全な木にかけないと危険《きけん》だわ」

ナンシーの視線《しせん》は完全に前方の木々に焦点《しょうてん》が当てられていました。

「それは危険《きけん》すぎるよ。何かあってからじゃ遅《おそ》いんだから。今はうかつに行動するよりも、何かしっかりとした作戦を立てることのほうが重要だと思うよ」

ぼくがナンシーを諭《さと》すように言いました。

こうしてぼくたちは、アプリシアの実を取るための作戦会議を始めたのです。

# 第13話　ジェイクの観察眼《がん》

アプリシアの木に近づくと、防衛本能《ぼうえいほんのう》により攻撃《こうげき》を受ける可能性《かのうせい》があることを知ったぼくたちは、次に取るべき行動を決めるために作戦会議を始めました。

「わたしたちが直接《ちょくせつ》木に近づくのはたしかに危険《きけん》だと思うけど、遠くからそれぞれの木の防衛本能《ぼうえいほんのう》の種類を特定することはできないのかしら？」

人差し指を右ほおに当てたナンシーが言いました。

「たとえばぐうぜん動物がアプリシアの木に近づくのを待つとかってこと？　そんなことしてたら時間がかかりすぎちゃうよ」

ぼくは少しいらいらした口調でナンシーを見ました。

「そうか！　いいこと思いついたぞ。もしアプリシアの木が近づいたものを敵《てき》とみなして攻撃《こうげき》するのであれば、それは動物である必要はないはずだ。十分距離《きょり》を取った状態《じょうたい》で、そこら辺に落ちている石を投げてみたらいいんじゃないかな。投球のコントロールにはすごく自信があるから、ぼくにまかせてみてくれないかな」

ディランが興奮《こうふん》した様子でうでをまくり上げました。

「たしかにそれはいい考えね。５本のうち、１本でも安全な木が存在《そんざい》するのかどうか特定することは、すごくたいせつだもの」

ステラが同調して首を縦《たて》に振《ふ》りました。

「ぼくの考えに反対の人はいる？」

ディランがぼくたち全員を見渡《みわた》しながらたずねました。

「反対意見はなさそうだね。じゃあ、みんな、少し後ろに下がって」

みんなに後方に下がるよう指示《しじ》を出したディランは、地面をきょろきょろと見ながら、こぶしくらいの大きさの石を拾い上げました。そして、灰色《はいいろ》のアプリシアの幹《みき》に向かって思い切り石を投げつけたのです。ディランが投げた石は、剛速球《ごうそっきゅう》で幹《みき》に向かって直進していきました。そして、石が幹《みき》から半径50センチほどの位置まで到達《とうたつ》したとき、幹《みき》から灰色《はいいろ》の液体《えきたい》が湯気を出しながら大量に飛び出し、石にかかったのです。

ディランの投げたこぶしサイズの石は、幹《みき》から出てきた液体《えきたい》にふれると、あっという間に溶《と》けてなくなってしまいました。そして、石を溶《と》かした液体《えきたい》が地面に落ちると、地面に広がっていた落ち葉などもいっしょに溶《と》けてなくなってしまいました。

「なんておそろしい木なんだろう。あの木に最初に近づいてなくてよかった」

ディランが身ぶるいしながら言いました。

「あれは樹液《じゅえき》だ。高温の樹液《じゅえき》で何でも溶《と》かしてしまうんだね」

ぼくは思わず後ずさりしました。

「これで灰色《はいいろ》の木は危険《きけん》だということがわかったわね。ディラン、残りの2本も確《たし》かめてちょうだい」

ナンシーが真剣《しんけん》な顔つきで残された木を凝視《ぎょうし》しました。

「了解《りょうかい》！　じゃあ、次は白い木を狙《ねら》ってみるね」

ディランはそう言うと、再《ふたた》び近くに落ちていた手ごろな大きさの石を拾い上げ、白いアプリシアの木に狙《ねら》いを定め、思い切り投げつけました。すると、またもや石は高速で幹《みき》に近づいていきました。そして、石が木の幹《みき》から半径1メートルほどの位置まで届《とど》くと、木から真っ白な粉《こな》を大量にふくむ風が発生し、つむじ風のようにぐるぐると円を描《えが》きながら幹《みき》の周囲《しゅうい》を取り囲《かこ》み、辺りはまるで霧《きり》にでも包まれたかのような状態《じょうたい》になったのです。ぼくたちの視界《しかい》はその霧《きり》のようなものに遮《さえぎ》られ、ぼくはアプリシアの木がどこに生えていたのかわからなくなってしまいました。

ぼくたちがおどろきをかくせず、口をぽかんと開けながら前方をながめていると、徐々《じょじょ》に霧《きり》のようなものは晴れていきました。そして、5分ほどが経過《けいか》したとき、ぼくたちは完全に視界《しかい》を取りもどすことができたのです。

「あの白い粉《こな》はきっと花粉《かふん》よ。石はどこかに消えてしまったわね。あの粉《こな》を浴びていたら、目も鼻もたいへんなことになっていたに違《ちが》いないわ。わたし花粉症《かふんしょう》だから想像《そうぞう》がつくわ」

ステラの表情は青ざめていました。

「5本の木のうち、4本は危険《きけん》だということがわかったね。あと残りの1本、薄緑色《うすみどりいろ》の木が安全だといいんだけど」

ぼくは祈《いの》るような気持ちで、右のこぶしに力をこめました。

「さっそく試してみよう。どうかあの木が安全でありますように」

そう言うと、ディランはさらにもう1つ、手ごろな大きさの石を拾い上げ、薄緑色《うすみどりいろ》の木に向かって思い切り投げつけました。石は回転しながら直進し、幹《みき》の半径1メートルほどに到達《とうたつ》しました。すると、木の幹《みき》から黄緑色《きみどりいろ》の光が全方向に発せられたのです。光を受けた石は黄緑色《きみどりいろ》の苔《こけ》におおわれ、そのままストンと地面に落ちると、ぼろぼろとくずれてしまいました。

「あの光の成分は苔《こけ》なのね。石がくずれることを見ると、あの木に人が近づいたらとんでもないことになるわね」

ナンシーがため息をつきました。

「ねえ、冷静に解説《かいせつ》している場合じゃないんじゃないの？　結局すべての木が危険《きけん》だってことが証明《しょうめい》されたのよ。わたしたちもう、為《な》す術《すべ》なしってことよ。アプリシアの実を取るのは結局不可能《ふかのう》なことなんだわ。ねえ、もうあきらめましょ。誰《だれ》かの身に何かあってからじゃ遅《おそ》いもの」

ステラがヒステリックな声を上げました。

「ウェンディ、チャンス、ごめんね。どうやら、ぼくたち力及《およ》ばずみたいだ。あの木はあまりにも危険《きけん》すぎて、ぼくたちにはもうどうしようもないよ」

ぼくはうつむいた様子のウェンディとチャンスを気の毒に思いました。

「仕方ないね。ここまで手伝ってくれてありがとう。君たちには本当に感謝《かんしゃ》してるよ」

チャンスが涙《なみだ》をこらえながら言いました。

するとそのとき、ぼくはジェイクがぼくたちのやり取りを見てニヤニヤしているのに気づいたのです。

「ジェイク、こんなときに何ニヤニヤしてるんだよ。失礼なやつだな」

ぼくは声を荒《あら》げました。

「ふふ。だってニヤニヤせずになんていられないよ。ぼく、アプリシアの実を取る方法を思いついちゃったんだもの」

その言葉を聞いたとたん、ぼくたち全員はおどろいた様子でジェイクをじっと見つめたのです。

「ジェイク、どういうことなの？　あの木は5本とも近づくことができないほど危険《きけん》なんだよ。いったいどんな方法を思いついたの？」

ぼくはいまだにニヤニヤと口元がゆるんでいるジェイクに強い視線《しせん》を浴びせました。

「ふふ、じゃあ説明してあげよう。もう一度、灰色《はいいろ》のアプリシアの木の下をよく見てごらん。何か気づかないかな？」

ジェイクにうながされて、ぼくたちは灰色《はいいろ》のアプリシアの木の下をじっと観察しました。

「まだ、樹液《じゅえき》が残っているわね。木の周りに落ちていた落ち葉も全部溶《と》けてどろどろになっているわ」

ナンシーが寒気《さむけ》を振《ふ》り払《はら》うかのように両うでを交差させ、両手のひらで両うでをさすりました。

「たしかに落ち葉は溶《と》けてなくなってしまっているよね。だけど、ほら、樹液《じゅえき》にさらされてもなお平然と地面に落ちているものがいくつかあるでしょ。よく見てみて」

ジェイクが指さす辺りを凝視《ぎょうし》すると、ぼくはあることに気づいたのです。

「あ、本当だ。いくつかの木の実が樹液《じゅえき》のかたまりの上にそのまま溶《と》けずに落ちてるね。もしかしてあれはアプリシアの実じゃないのかな？」

「そのとおり。あれは褐色化《かっしょくか》して地面に落ちたアプリシアの実なんだ。これはつまり、アプリシアの木は、アプリシアの実に対して何の影響《えいきょう》も与《あた》えないということの証拠《しょうこ》だと思うんだ」

ジェイクが誇《ほこ》らしげにぼくを見返しました。

「たしかにすごい発見ね。ジェイク、あなたの観察眼《がん》は天才的だわ。でも、それがわかったからと言って、緑色のアプリシアの実をいったいどうやって取るというの？」

ステラが難問《なんもん》を考えるかのように両手で頭を抱《かか》えながらたずねました。

「ぼくの実家は大工なんだ。だから、ぼく小さいころから物作りが大好きで、手先の器用さにはすごく自信があるのさ。道具さえあれば、ぼくが落ちているアプリシアの実を使って全身をおおう鎧《よろい》を作れるかなと思って」

ジェイクが自分の両手のひらに視線《しせん》を向けました。

「道具ってどんなものが必要なの？」

ディランがたずねました。

「布《ぬの》と針《はり》や糸などのような裁縫《さいほう》道具があれば何とかなると思うよ」

「裁縫《さいほう》道具なら、わたし、持ってるわ。マジックパークに持ちこめる3つの道具を、カメラと裁縫《さいほう》道具、そしてネコちゃんのエサにしたんだもの」

ステラが興奮《こうふん》した様子で勢《いきお》いよくカバンを開けました。

「ぼくは布《ぬの》を持ってるよ。ぼくは懐中《かいちゅう》電灯にノコギリ、そして布《ぬの》を持ってきたんだ」

ディランがかばんの中からきれいに折りたたまれた布《ぬの》を取り出し、ジェイクに差し出しました。

「よかった。それはすごく助かるよ。じゃあ、みんな、落ちている茶色のアプリシアの実をできる限《かぎ》り拾い集めてきて。ぼくがそれを使って作業するから」

ジェイクがてきぱきとした口調で指示《しじ》しました。

こうしてぼくたちは周囲《しゅうい》の地面をくまなく探《さが》し、大量の茶褐色《ちゃかっしょく》のアプリシアの実を拾い集めたのです。そして、ジェイクはその間、もくもくと集中しながら、器用に全身をおおえる鎧《よろい》を作り上げていきました。

「できた！　さっそく着てみよう」

ジェイクは満足そうにそう言うと、自分で作り上げた鎧《よろい》を身にまといました。

「これで1段階《だんかい》クリアできたかもね。だけど、緑色のアプリシアの実は50メートルほどの高さにあるでしょ。そんなに長いはしごを作るのはたいへんだし、かりに鎧《よろい》を着たジェイクに影響《えいきょう》がなかったとしても、たてかけたはしごに対して、アプリシアの木が攻撃《こうげき》をしかける可能性《かのうせい》も大きいと思うんだ。ということは、結局ここで手づまりになってしまったんじゃないかな」

ぼくはがっくりと肩《かた》を落としました。

「だいじょうぶ。心配しないで。じつはぼく、はしごを使ってアプリシアの実を取ろうとなんて考えていなかったんだ。ぼくがアプリシアの木をじっくりと観察したとき、もう1つ、あることに気がついたんだ。じつは、さっきディランが灰色《はいいろ》のアプリシアの木に石を投げる前に、褐色化したアプリシアの実が樹上から落ちてくるのを見たんだ。その実はアプリシアの木の幹《みき》に当たったんだけど、そのとき、わずかに幹《みき》がへこんだことに気づいたのさ。つまり、まあ見てて」

ジェイクはそう言うと、アプリシアの実で作られた鎧《よろい》を着たまま、のそのそと灰色《はいいろ》のアプリシアの木のほうに移動《いどう》しました。ディランが石を投げたときは、半径50センチメートルほどの位置で灰色《はいいろ》の樹液《じゅえき》が飛び出したものの、今回ジェイクが幹《みき》から半径50センチ以内に踏《ふ》みこんだとき、不思議なことに何も起こりませんでした。木の根元まで到達《とうたつ》したジェイクは右手を上げ、幹《みき》にそっと手のひらを当てました。

すると、灰色《はいいろ》のアプリシアの幹《みき》全体が光を帯び、変形し始めたのです。幹《みき》は少し斜《なな》めに傾《かたむ》き、階段状《かいだんじょう》のくぼみが無数に現《あらわ》れ、手すりのようにつかまって上るのにちょうど良い枝がするすると伸《の》びてきました。ジェイクはぼくたちのほうを振《ふ》り向き、Vサインを作ったのち、再《ふたた》び幹《みき》の方向に向き直り、アプリシアの幹《みき》が作り出した階段《かいだん》をゆうゆうと上っていきました。そして、緑色のアプリシアの実が無数になる地点まで到達《とうたつ》すると、茶褐色《ちゃかっしょく》のアプリシアの実で作り上げた袋《ふくろ》の中に、自ら摘《つ》んだ新鮮な緑色の実をぎっしりとつめこんでいったのです。

作業を終えたジェイクは再《ふたた》びゆうゆうと幹《みき》の階段《かいだん》を降《お》り、地面に到着《とうちゃく》すると、ぼくたちのほうを見ながら、緑色のアプリシアの実であふれんばかりの袋《ふくろ》を片方《かたほう》の手で持ち上げて見せ、そしてもう片方《かたほう》の手で再《ふたた》びVサインを作りました。

# 第14話　透明魚《とうめいうお》の油

ジェイクの並外《なみはず》れた観察眼《がん》と器用さに助けられ、ぼくたちはどうにかアプリシアの実を手に入れることができました。ドノバンさんの病気を治すのに必要な素材《そざい》を2つ入手したぼくたちでしたが、最後の1つである透明魚《とうめいうお》の油に関してはまったくと言っていいほど情《じょう》報《ほう》がなかったのです。

「チャンス、ウェンディ、ドノバンさんの薬の材料もあと1つを残すのみとなったね。ここまできたら絶対《ぜったい》にあきらめたくない。何としても透明魚《とうめいうお》の油を手に入れなきゃ」

ぼくが意気ごんで言いました。

「ルーク、ありがとう。ここまでこれたのも本当に君たちのおかげだよ。ただ、透明魚《とうめいうお》に関しては、この森の散策道《さんさくどう》の中に流れる川に生息するということ以外、何も情報《じょうほう》が入手できていないんだ。名前を聞けば想像《そうぞう》できると思うけど、色が透明《とうめい》の魚だから、見て探《さが》すこともできないし、いったいどうしたらいいのか、ぼくたちもわからずにいたんだ」

チャンスがうつむきました。

「ねえ、いったんサラの所にもどりましょうよ。わたし、テイラー先生に会って直接話をうかがってみたいわ」

ナンシーが提案《ていあん》しました。

「いい考えだね。万年咳《まんねんぜき》の治療薬《ちりょうやく》の作り方を知っているお医者さんなんだから、透明魚《とうめいうお》について何か知っているかもしれないしね」

ジェイクが声を張《は》り上げました。

「たしかにナンシーの言うとおりかもしれないわ。わたしとチャンスはすでにテイラー先生から薬の材料について話をうかがったことがあるけれど、何か見落としている点があるのかもしれないわ。桃色《ももいろ》バチのハチミツやアプリシアの実だって、わたしたち2人ではどうしようもなかったけれど、あなたたちの協力のおかげで入手することができたんだもの。今からいったんうちに帰って、ママにテイラー先生を呼《よ》んでもらうわ」

ウェンディの声はかすかに希望がふくらんだかのようにおだやかでした。

こうしてぼくたちは、サラとドノバンさんが待つわらぶき屋根の家に向かい、森の散策《さんさく》道《どう》の中を歩き始めたのです。

数時間がたち、ぼくたちはとくに危険《きけん》な目にも遭《あ》わず、ようやく屋敷《やしき》に到着《とうちゃく》することができました。ぼくたちの姿《すがた》を見ると、サラが安堵《あんど》の表情《ひょうじょう》を浮《う》かべて玄関《げんかん》まで出てきました。

「お帰りなさい。あなたたちが無事にもどってくれてうれしいわ。ドノバンの薬の材料を手に入れるのはたいへんなことだって、私にはよくわかってるわ。だから、がっかりすることはないのよ。あなたたちが協力して試みてくれたことが、私《わたし》にとって何よりもうれしいことなんだから」

「ママ、ぼくたちルークたちのおかげで、桃色《ももいろ》バチのハチミツとアプリシアの実を手に入れることができたんだ。透明魚《とうめいうお》の油は、まだどうやって手に入れたらいいのかすらわからないけど」

チャンスが少し誇《ほこ》らしげな表情《ひょうじょう》でサラを見つめました。

「透明魚《とうめいうお》の油さえ手に入れられたらパパの病気が治るかもしれないのよ、ママ。夢みたいでしょ。でも、今のわたしたちには、このあとどう行動すればいいのか、さっぱりわからないの。ねえ、ルークたちがテイラー先生に直接お話をうかがいたいっていうの。お願いだから呼《よ》んでもらえないかしら」

ウェンディが熱心な口調で懇願《こんがん》しました。

「テイラー先生の予約は1週間後になっているわ。でもあなたたちがマジックパークにいられるのは今日1日だけですものね。わかったわ。先生はお忙《いそが》しい方だから断《ことわ》られるかもしれないけど、事情《じじょう》を話してみるわ」

そう言うと、サラは屋敷《やしき》の外に出て、空に向かってクルグ語と思われる言語を使い、大きな声で何かさけびました。すると屋敷《やしき》の背面《はいめん》にある木の上から、黒い翼《つばさ》の生えた小さな黄色い鳥が舞《ま》い降《お》り、サラの右手の人差し指に止まったのです。

「この鳥はマジックパークの住人が通信手段《しゅだん》として用いているゴールドフィンチという名前の鳥よ。この島がゴールドフィンチ島と呼《よ》ばれる由来は、この鳥を島民たちが積極的に通信手段《しゅだん》として利用しているからなの。この島のゴールドフィンチはクルグ語を理解《りかい》して、それを正確《せいかく》に伝える能力《のうりょく》があるの。とても賢《かしこ》い鳥でしょ。ちなみにこの鳥の名前はリンクスよ」

そう言うと、サラはゴールドフィンチのリンクスにクルグ語でこれまでのいきさつと状《じょう》況《きょう》と思われる内容をくわしく語り始めました。話を聞き終えたリンクスは、くちばしから甲高い音を発し、サラにウィンクすると翼を広げ、バタバタと羽ばたかせながら上空へ飛んで行ってしまいました。

　リンクスが視界《しかい》から見えなくなるのを確認《かくにん》したぼくたちは屋敷《やしき》にもどり、木彫《きぼ》りのいすに腰《こし》かけ、リンクスがもどるのを待つことにしたのです。その間、ぼくたちはサラが出してくれたウーパという種類のお茶を飲みながら、これまでの冒険談《ぼうけんだん》で盛《も》り上がりました。サラはぼくたちの熱のこもった話をうれしそうな笑顔を浮《う》かべながら聞き、時々、同調するようにうなずいていました。

　30分ほどが経過《けいか》したとき、ぼくたちの耳にリンクスの甲高《かんだか》い鳴き声が聞こえてきました。ぼくたちはいっせいに席から立ち上がり、早足で屋敷《やしき》の外に出ました。リンクスはサラを見るとウィンクし、何度か旋回《せんかい》したのち、彼女《かのじょ》の右手の人差し指の上で止まりました。そして、甲高《かんだか》い声でクルグ語を話し始めたのです。

　リンクスの言葉を聞き終えたウェンディ、チャンス、そしてサラはうれしそうな笑顔を浮《う》かべ、ぼくたちのほうを見ながら何度もうなずきました。リンクスが再《ふたた》び屋敷《やしき》の背後《はいご》の樹上にあると思われる巣にもどると、チャンスが興奮《こうふん》した様子で言いました。

「ぼくたちが桃色《ももいろ》バチのハチミツとアプリシアの実を手に入れたことを聞いたら、テイラー先生が次の患者《かんじゃ》さんの予約の時間をずらしてくれて、今から優先《ゆうせん》してぼくたちに会いに来てくれると約束してくれたんだって」

「まあ、よかったわ。何か有益《ゆうえき》な情報《じょうほう》が手に入るといいわね」

ナンシーがうれしそうに言いました。

そして、さらに5分ほどが経過《けいか》すると、遠くから馬車を引く馬の足音が聞こえてきたのです。

「テイラー先生が来たんじゃないかな」

ぼくはそう言うと急いで立ち上がり、屋敷《やしき》の外に小走りで出ていきました。

外へ出たぼくは、屋敷《やしき》に近づいてくる馬車を見て仰天《ぎょうてん》しました。2頭の真っ黒な馬に引かれた馬車は、とてつもなく大きな、赤くてピカピカ光るパプリカを材料にして作られたものだったからです。そして、器用にくりぬかれた窓《まど》からは、眼鏡《めがね》をかけてシルクハットをかぶった老人がぼくたちのほうを見て、にこにことほほ笑みながら手を振《ふ》っていたのです。

「テイラー先生、お忙《いそが》しいところありがとうございます。どうぞ中へお入りください」

テイラー先生が馬車からゆっくりと降《お》りると、サラがうやうやしく言いました。

郵便はがき

料金受取人払郵便

新宿局承認

7553

差出有効期間
2024年1月
31日まで
(切手不要)

1 6 0-8 7 9 1

141

東京都新宿区新宿1－10－1

(株)文芸社

愛読者カード係 行

| | | | |
|---|---|---|---|
| ふりがな<br>お名前 | | 明治 大正<br>昭和 平成 | 年生 歳 |
| ふりがな<br>ご住所 | □□□-□□□□ | | 性別<br>男・女 |
| お電話<br>番 号 | (書籍ご注文の際に必要です) | ご職業 | |
| E-mail | | | |

| | |
|---|---|
| ご購読雑誌(複数可) | ご購読新聞<br>新聞 |

最近読んでおもしろかった本や今後、とりあげてほしいテーマをお教えください。

ご自分の研究成果や経験、お考え等を出版してみたいというお気持ちはありますか。

ある　　ない　　内容・テーマ(　　　　　　　　　　　　)

現在完成した作品をお持ちですか。

ある　　ない　　ジャンル・原稿量(　　　　　　　　　　　　)

| 書　名 | | | |
|---|---|---|---|
| お買上<br>書　店 | 都道　　　　市区<br>府県　　　　郡 | 書店名 | 書店 |
| | | ご購入日 | 年　　月　　日 |

本書をどこでお知りになりましたか?
　1.書店店頭　2.知人にすすめられて　3.インターネット(サイト名　　　　　)
　4.DMハガキ　5.広告、記事を見て(新聞、雑誌名　　　　　)

上の質問に関連して、ご購入の決め手となったのは?
　1.タイトル　2.著者　3.内容　4.カバーデザイン　5.帯
　その他ご自由にお書きください。
(　　　　　　　　　　　　　　　　　　　　　　　　)

本書についてのご意見、ご感想をお聞かせください。
①内容について

②カバー、タイトル、帯について

弊社Webサイトからもご意見、ご感想をお寄せいただけます。

ご協力ありがとうございました。
※お寄せいただいたご意見、ご感想は新聞広告等で匿名にて使わせていただくことがあります。
※お客様の個人情報は、小社からの連絡のみに使用します。社外に提供することは一切ありません。

屋敷《やしき》の中にもどったぼくたちは再《ふたた》び木彫《きぼ》りいすに腰《こし》かけ、ついにテイラー先生と向き合うこととなったのです。

「君たちが桃色《ももいろ》バチのハチミツとアプリシアの実を手に入れた子どもたちじゃな。まったく大したもんだ。わしが持っている医学書に万年咳《まんねんぜき》の治療薬《ちりょうやく》の作り方が掲載《けいさい》されていたのじゃが、3つの材料は非常《ひじょう》に希少《きしょう》で入手困難《こんなん》なものばかりで、実際《じっさい》、わしもあらゆる手段《しゅだん》をつくしたのじゃが、どれ1つとして手に入れることができず、ほとほと困《こま》っておったんじゃ。いったい君たちはどうやって2つの材料を手に入れられたのかね？」

テイラー先生が興味津々《しんしん》な様子でたずねました。

ぼくたちがこれまでのいきさつを説明し始めると、テイラー先生は目を輝《かがや》かせ、身を乗り出し、両手のこぶしをぎゅっとにぎって話を聞いていました。そしてぼくたちの話が終わると興奮《こうふん》した様子でこう言ったのです。

「なんと賢《かしこ》く勇敢《ゆうかん》な子どもたちなのじゃ。ゴールドフィンチ島では少しずつ万年咳《まんねんぜき》の患者《かんじゃ》が増加しており、わしも為《な》す術《すべ》なく途方《とほう》に暮《く》れておったんじゃ。君たちの話を聞いていたら、わしも希望が湧《わ》いてきたよ。透明魚《とうめいうお》についてわしが知っていることをすべて教えてあげよう。大人としてこれまで何もできず情《なさ》けない話だが、君たちなら奇跡《きせき》が起こせるかもしれぬ。万年咳《まんねんぜき》の蔓延《まんえん》を阻《はば》むためにも、わしは君たちにすべての希望を託《たく》したいと思う」

テイラー先生が決意に満ちた表情《ひょうじょう》で言いました。

「古代の文献《ぶんけん》に、透明魚《とうめいうお》という魚は、森の散策道《さんさくどう》を流れるヘーゼル川に生息するということが記されておるんじゃ。ただ、すでに承知《しょうち》だと思うが、透明魚《とうめいうお》は透明《とうめい》なため、川を探《さが》しても目で確認《かくにん》することは不可能《ふかのう》と言われておるのじゃ。ただし、じつはそんな透明魚《とうめいうお》を目で見えるようにする魔法《まほう》のような方法が1つだけあるのじゃ」

「テイラー先生。そんな話、今までわたしたちに1度も教えてくれなかったわ。なぜ、以前わたしたちがお話をうかがったとき、それを教えてくれなかったんですか」

ウェンディが少し声を荒《あら》げました。

「ウェンディ、そう興奮《こうふん》しないでおくれ。わしはお前たちに何かをかくし立てしようと考えておったわけではないんじゃ。話すべきときが来たら教えてあげようと、ずっと思っておったんじゃよ」

「話すべきときって、どういうこと？　最初から意地悪なんかせずに教えてくれたらよかったのに。先生、ひどいよ」

チャンスが木彫《きぼ》りのテーブルをドンとたたきました。

「そう、かっかしないでおくれ、チャンス。いいかい、よくお聞き。わしが調べたところによると、透明魚《とうめいうお》はある成分を体内に取りこむと、体の色が一定時間緑色になるんじゃ。さらに透明魚《とうめいうお》はおそろしくすばやい魚で、透明《とうめい》な状態では捕獲《ほかく》することはほぼ不可能《ふかのう》じゃが、体が緑色を帯びているときは移動《いどう》速度が10分の1程度《ていど》に下がることが知られておるんじゃ。つまり、そのすきを狙《ねら》えば、網《あみ》などでも十分に捕獲《ほかく》が可能《かのう》というわけじゃ」

テイラー先生が丹念《たんねん》な口調でゆっくりと話しました。

「ある成分って、どんな成分なの？　すごく気になるわ」

ステラがまんできないといった様子でたずねました。

「アプリシアの実じゃよ。ただし、茶褐色化《ちゃかっしょくか》したものはだめじゃ。緑色の新鮮《しんせん》なアプリシアの実には、ディスカリンという成分が豊富《ほうふ》にふくまれておるんじゃ。透明魚《とうめいうお》はディスカリンを体内に摂取《せっしゅ》すると透明性《とうめいせい》を失い、緑色に着色するわけじゃ。移動《いどう》速度が鈍《にぶ》るのは、ディスカリンが持つ毒性《どくせい》のためで、人体には薬の有効《ゆうこう》成分として非常《ひじょう》に有益《ゆうえき》な成分なのじゃが、透明魚《とうめいうお》にとっては体内で解毒《げどく》を試みるため、移動《いどう》速度が損なわれるんじゃ」

「仮《かり》にアプリシアの実を加工してエサか何かを作ったとして、透明魚《とうめいうお》は毒性《どくせい》成分を積極的に食べようとするのかしら」

　ナンシーがいぶかしげな表情《ひょうじょう》をしました。

「透明魚《とうめいうお》はディスカリンが大好物なんじゃ。自己《じこ》の体にとって有毒《ゆうどく》なものを好物とする動物はほかにもたくさんおるのじゃよ。身近な例を挙げると、コアラはユーカリの葉を好物とするが、ユーカリの葉には猛毒《もうどく》がふくまれておるんじゃ。わしが今日君たちに会おうと決めた理由は、君たちが緑色のアプリシアの実を手に入れたと聞いたからなのじゃよ。どれくらいの量を取ったのだね。一度見せてくれないじゃろうか」

　テイラー先生の言葉を聞くと、ジェイクがリュックサックの中から茶褐色《ちゃかっしょく》のアプリシアの実で作られた袋《ふくろ》を取り出し、テイラー先生に差し出しました。袋《ふくろ》にぎっしりと詰《つ》まった緑色のアプリシアの実を見たテイラー先生はおどろいた様子でこう言ったのです。

「これだけの量があれば十分じゃ。この実を使って3分の2を治療薬用《ちりょうやくよう》に、そして残りの3分の1を透明魚《とうめいうお》のエサに充《あ》てさせていただこう。サラ、すり鉢《ばち》とすりこぎを持ってきておくれ」

　テイラー先生がそう言うと、サラは奥《おく》の台所に行き、戸棚《とだな》の中からすり鉢《ばち》とすりこぎを取り出すと、再《ふたた》びぼくたちのほうにもどり、それらをテーブルの上にすっと置きました。

「ありがとう。さて、ここからはわしのうで前の見せどころじゃ」

そう言うと、テイラー先生は両うでのそでをまくり、緑色のアプリシアの実をジェイクの袋《ふくろ》から3分の1ほど取り出すと、黒いかばんの中から小さなナイフを取り出し、器用に1つずつ皮をむいていきました。そして、すべての実の皮をむき終わると、それをすり鉢《ばち》にどさっと入れ、すりこぎを使ってすりつぶしていったのです。

しばらくたつと実はさらさらな粉《こな》になりました。

「あとは、米ぬかと小麦粉《こむぎこ》が必要じゃ。サラ、持っておるかね」

「ええ、今お持ちするわ」

サラはそう言うと、再《ふた》び台所へもどり、ゴソゴソと音を立てて何かを取り出し、ぼくたちのほうへやって来ました。

「はい、どうぞ」

サラがテーブルの上に小麦粉《こむぎこ》の入った袋《ふくろ》と、米ぬかの入った容器《ようき》を置きました。テイラー先生は黒いかばんの中から今度は天秤《てんびん》を取り出し、両方の皿に手際《てぎわ》よく薬包紙《し》を敷くと、片方《かたほう》に分銅《ぶんどう》をのせ、各材料の重さを慎重《しんちょう》に測るとそれをすり鉢《ばち》の中に入れ、再《ふた》びすりこぎでかきまぜ始めました。そして、すり鉢《ばち》の中身に粘《ねば》り気《け》が生じ始めると、今度は手で器用にだんごをいくつも作っていったのです。

「さあ、これで練《ね》り餌《え》の完成じゃ。さあ、君たち。これを持ってヘーゼル川に行くのじゃ。網《あみ》と水槽《すいそう》も忘《わす》れてはならんぞ」

「網《あみ》と水槽《すいそう》って誰《だれ》か持ってる？」

ぼくがみんなを見回しながらたずねました。

「心配しないで。両方ともうちにあるわ。これを持って行きましょ」

ウェンディが押入《おしい》れの中から網《あみ》と水槽《すいそう》を出してぼくたちに見せました。

「これで何もかもそろったね。よし、さっそく出発しよう！」

ディランが勢《いきお》いよく立ち上がりました。

「わしは次の患者《かんじゃ》さんの元へ行かねばならぬ。もし、君たちが透明魚《とうめいうお》の捕獲《ほかく》に成功したら、またリンクスを使ってわしを呼《よ》んでおくれ」

テイラー先生はそう言うと席から立ち上がり、屋敷《やしき》の外に出ると、赤色のパプリカの馬車に乗りこみました。外で待機していた御者《ぎょしゃ》がムチを振《ふ》ると、真っ黒な馬がゆっくりと駆《か》け出し、そのまま視界《しかい》から消えていったのです。そしてそれと同時にぼくたちも、森の中を流れるヘーゼル川に向かって歩き始めました。

# 第15話　ヘーゼル川

透明魚《とうめいうお》の捕獲《ほかく》方法をテイラー先生から教わったぼくたちは、勇んで森の散策道《さんさくどう》を流れるヘーゼル川に向かって出発しました。わらぶき屋根の屋敷《やしき》からはヘーゼル川のせせらぎが心地よくひびき、それは屋敷《やしき》から川までの距離《きょり》が近いことを物語っていました。そしてウェンディとチャンスに導《みちび》かれるまま、ぼくたちはほんの5，6分程度《ていど》であっという間にヘーゼル川に到着《とうちゃく》することができたのです。

「さあ、ヘーゼル川に着いたわ」

ウェンディがぼくたちのほうを振《ふ》り返りました。

ぼくは身を乗り出して、さらさらと流れる透明《とうめい》な小川の中を観察しました。ぼくたちが立っていた場所の川の深さは2メートルほどで、水は一定の速度でさわやかな音を発しながら静かに流れていました。

「こんなに深さがあるのに、川の底までよく見えるね。透明《とうめい》で、なんてきれいな川なんだろう」

ぼくはヘーゼル川の吸《す》いこまれるような美しさに、思わず見とれてしまいました。

「この川の水は透明度《とうめいど》が高いだけでなく、健康効果《こうか》もすぐれていることで有名なんだ。毎日飲み続けると、丈夫《じょうぶ》で長生きする体になるんだって」

チャンスが誇《ほこ》らしげに解説《かいせつ》しました。

「それはすごいね。ちょっとぼく飲んでみようかな」

そう言うと、ディランは川の前でかがみ、両手のひらで粘《ねば》り気《け》のある透明《とうめい》な水をすくい、おいしそうにごくごくと飲みこみました。

「わあ、おいしい。しかも、疲《つか》れが少し取れた感じがする。みんなも飲んでみなよ」

ディランのはつらつとした表情《ひょうじょう》を見たぼくたちは、我先《われさき》にと川の水を手のひらですくい取り、ごくごくと音を立てながら水を飲みました。ディランの言うとおり、水を飲み終えたぼくは少し体が軽くなったような気分になりました。

「ほんとだ。なんだか力がみなぎってきたよ。ねえ、透明魚《とうめいうお》を取るの、ぼくにやらせてくれないかな」

ぼくが切り出しました。

「ルークのおうちは漁師《りょうし》だものね。誰《だれ》も文句《もんく》は言えないわ。がんばってね」

ナンシーが両手のひらのこぶしをにぎって言いました。

「ぼくたち、よく海岸で釣《つ》りをするんだけど、必ずルークが一番たくさん釣《つ》るんだ。ルーク、たのんだよ」

ジェイクがぼくの肩《かた》をとんとたたきました。

「チャンス、水槽《すいそう》と網《あみ》を貸《か》してもらってもいいかな。ウェンディ、練《ね》り餌《え》の入った容器《ようき》を用意して」

やっと自分の得意《とくい》分野を発揮《はっき》できることでわくわくしていたぼくは、2人から道具を受け取ると川の前にかがみこみ、透明魚捕獲《とうめいうおほかく》の準備《じゅんび》を着々と進めていきました。

「まずは、川の中に練《ね》り餌《え》をまいてみよう」

ぼくはそう言うと、練《ね》り餌《え》のだんごを1つ手に取り、川の中にそっと投げこみました。すると、練《ね》り餌《え》はそのまま川底に沈《しず》み、川のおだやかな流れにまかせたまま少しずつ下流側に流れ始めました。ぼくがあとを追いながら土手沿いを移動すると、突然《とつぜん》練《ね》り餌《え》のかたまりが小さくなり始め、しばらくすると完全に消えてなくなってしまったのです。

「分解《ぶんかい》したわけでもないのに、いきなり練《ね》り餌《え》が消えた。ひょっとして透明魚《とうめいうお》が食べたんじゃないのかな」

ぼくはそう言うと、集中力をさらに高めて川の中を観察しました。すると、わずかに緑色に光る点があることに気づいたのです。

「いたぞ」

緑の光の点をしっかりと目で追いながら、ぼくはもう1つ練《ね》り餌《え》を、今度は網《あみ》の中に入れ、そっと川の中に入れました。しばらくそのままじっと待っていると、やがて緑色の点は速度を落としながら網《あみ》に向かって少しずつ近づいてきました。そして、網《あみ》の中の練《ね》り餌《え》が少しずつ減っていったとき、ぼくは網《あみ》の中に強烈《きょうれつ》な力を持つ大きな重い魚が入りこんでくるのを感じたのです。

「今だ！」

言葉を発すると同時に、ぼくは緑色の点が入りこんだ網《あみ》を引き上げました。透明魚《とうめいうお》はフナやアユと同じくらいの小さな魚だとばかり思いこんでいたぼくは、その強烈《きょうれつ》な力と重さに圧倒《あっとう》されてしまったのです。

「なんて力なんだ。これ以上引き上げることができないよ」

ぼくの体は徐々《じょじょ》に川に向かって引きずられ、網《あみ》を持つ手をはなさなければ川に落ちることは明らかでした。網《あみ》の中をじっと見ると、緑色の点の面積は徐々《じょじょ》に増加し、透明魚《とうめいうお》の全《ぜん》体像《たいぞう》がわかるほどにまでなっていました。

そして、ついに全体の輪郭《りんかく》を把握《はあく》したぼくはその大きさに圧倒《あっとう》され、恐怖《きょうふ》に襲《おそ》われたのです。なぜなら透明魚《とうめいうお》の全長は1・2メートルほどもあり、重さはおそらくぼくの体重よりも重い60キロはあるということがわかったからです。ぼくの体はずるずると川側に引きずられ、両うでも引きちぎれそうなほど痛《いた》く、限界《げんかい》に達していました。それでも意地で網《あみ》をはなさなかったぼくは、透明魚《とうめいうお》の強力な力に負け、そのまま深さ2メートルもある川の中にざぶんと落ちてしまったのです。

「ルーク！　網《あみ》の柄《え》から手をはなして岸に上がるんだ！　このままだと下流に流されるぞ！」

ディランが大声でさけびました。

川の中に頭から落ちたぼくでしたが、どうにか水中から頭を出して体勢《たいせい》を整えると、カエル泳ぎをしながら網《あみ》の柄《え》をしっかりとにぎったままはなしませんでした。

「ルーク、無理しないで！　あなた少しずつ体が流されてるわ！　危険《きけん》よ！　いったん岸に上がってからもう一度挑戦《ちょうせん》すればいいじゃない！」

ナンシーがヒステリックな声でさけびました。

「わかった。みんなの言うとおりにするよ。このままだととても捕獲《ほかく》することなんてできなそうだから」

ぼくが網《あみ》の柄《え》を持つ手をはなそうとすると、「ルーク、はなしちゃだめだ！」という声と同時に、だれかがぼくの向かい側にざぶんと飛びこむ音が聞こえました。その言葉に反《はん》応《のう》したぼくは、網《あみ》を持つ手に力をこめ、反対側で勢《いきお》いよく上がった水しぶきが収《おさ》まるのを待ったのです。

ぼくが前方を見つめると、なんとぼくの前に現れたのは、ロープを体に巻《ま》きつけ、浮《う》き輪《わ》をかぶったジェイクでした。ジェイクの体に巻《ま》きついたロープを目でたどると、ロープは土手に生えた一本の木にしっかりと結びつけられていました。

「ルーク、これ！」

ジェイクはそう言うと、何かをぼくに向かって投げました。ぼくが空いている手を使って必死でそれをつかむと、それは練《ね》り餌《え》のだんごでした。

「ルーク、覚えているかい。透明魚《とうめいうお》は練《ね》り餌《え》を食べる量に比例《ひれい》して移動《いどう》速度が弱まるんだ。網《あみ》の中の透明魚《とうめいうお》はすでに2つ練《ね》り餌《え》を食べているから、本来よりもすでにだいぶ速度や力がおとろえているはずだ。もう一つ食べさせてみて」

「ジェイク、君はやっぱり天才だよ」

そう言うと、ぼくは水中にもぐりこみ、透明魚《とうめいうお》の近くに練《ね》り餌《え》をすべりこませるように置きました。すると透明魚《とうめいうお》は網《あみ》をひっぱるのをやめ、反転すると無我夢中《むがむちゅう》で練《ね》り餌《え》を食べ始めたのです。そして、練《ね》り餌《え》が水中から完全に消えると、透明魚《とうめいうお》の半透明《はんとうめい》な緑は濃《こ》さを増し、それと同時にまるで力を完全に失ったかのように網《あみ》の中に入ったまま水面にプカプカと浮《う》き上がってきたのです。

「やった！　気を失ったみたいだよ。さあ、今のうちに運ぼう」

ぼくはそう言うと、片方《かたほう》の手で網《あみ》の柄《え》をしっかりとにぎり、そしてもう一方の手を目の前に差し出しました。ジェイクがぼくの手を両手でしっかりとにぎると、ぼくたちの体は少しずつ川岸に向かって移動《いどう》し始めたのです。

ぼくが土手のほうに目をやると、岸の上ではディランがロープをひっぱり始めていました。そしてディランの動作に呼応《こおう》するように、彼《かれ》の周りには、ナンシー、ステラ、ウェンディ、チャンスが集まり、みんなで力を合わせてロープをひっぱり続けました。その牽引力《けんいんりょく》のおかげで、ぼくは透明魚《とうめいうお》の重さをほとんど感じずに岸までたどり着き、みんなの助けを得《え》て透明魚《とうめいうお》を陸に引き上げることに成功したのです。

気絶《きぜつ》した透明魚《とうめいうお》を、水を張《は》った1・5メートルほどの水槽《すいそう》に入れたぼくたちは、改めてその姿をじっくりと観察しました。

「大きめの水槽《すいそう》を持ってきておいてよかった。それにしてもギリギリ入ったたって感じだね」

チャンスが言いました。

「腹《はら》の部分を見てごらん。ものすごくふくらんでいるね」

ジェイクが透明魚《とうめいうお》の腹《はら》の辺りを指さしながら言いました。ジェイクの言うとおり、透明《とうめい》魚《うお》の腹《はら》の下にはぶよぶよとした大きな袋状《ふくろじょう》のものがたれ下がっていて、きっとこの中に油がたくさんつまっているに違《ちが》いないとぼくは思いました。

「これは油袋《あぶらぶくろ》だね。これだけの量があれば、薬を作るのに十分なんじゃないかな」

ぼくが言いました。

「さあ、この水槽《すいそう》をウェンディたちのお家《うち》に持ち帰りましょ。サラに見せるのがすごく楽しみだわ」

ステラがうれしそうな表情《ひょうじょう》を浮《う》かべました。

「ねえ、わたしたち先にもどってサラに報告《ほうこく》しておくわ。テイラー先生がすぐもどってこられるように、リンクスの手配も急がないといけないし」

ナンシーはそう言うと、ステラとウェンディに目配せしました。そして、3人はうれしそうに笑顔を浮《う》かべながら屋敷《やしき》に向かって走り出したのです。

ぼくとジェイク、ディラン、チャンスは水槽《すいそう》の四隅《よすみ》を持ち上げると、透明魚《とうめいうお》が落下しないように慎重《しんちょう》に屋敷《やしき》に向かって歩き始めました。透明魚《とうめいうお》の重さをずっしりと背中《せなか》に感じながら、一歩一歩をかみしめるように歩くぼくたちは、なんだかとてもすがすがしい気分でいっぱいになったのです。

## 第16話　透明《とうめい》成分

透明魚《とうめいうお》の捕獲《ほかく》に成功したぼくたちは意気揚々《ようよう》とわらぶき屋根の屋敷《やしき》にもどり、サラや待機していたキーシャたちにこれまでのいきさつを報告《ほうこく》しました。そして、先に屋敷《やしき》にもどっていたナンシーたちは、ウェンディを通じてリンクスの手配をすでに済《す》ませてくれていたのです。

しばらくぼくたちが冒険談《ぼうけんだん》で盛《も》り上がっていると、遠くから馬車の音が聞こえてきました。

「ひょっとして、テイラー先生、もうもどってきたのかな。まだ、リンクスももどってきていないのに」

チャンスはそう言うと、木彫《きぼ》りいすからさっと立ち上がり、屋敷《やしき》の外に駆《か》け出していきました。

「やっぱりだ。パプリカの馬車がこっちに近づいている。あ、馬車のてっぺんにリンクスが止まってるぞ」

ぼくが玄関《げんかん》の外に目をやると、チャンスが遠くに向かって大きく手を振《ふ》っていました。

そして馬車の音は次第に大きくなり、間もなく屋敷《やしき》の前には2頭の真っ黒な馬が引く、大きくて真っ赤なパプリカの馬車が停車したのです。

「到着《とうちゃく》いたしました。ご主人さま」

御者《ぎょしゃ》はそう言うと馬車を降《お》り、パプリカの扉《とびら》を開きました。

「ご苦労だった、エドワード」

馬車からゆっくりと降《お》りてきたテイラー先生は御者《ぎょしゃ》にそう言うと、そのままゆっくりとした歩調で屋敷《やしき》の中に入ってきました。

「リンクスから話は聞いた。本当に君たちはすばらしい子どもたちじゃ。さあ、さっそく透明魚《とうめいうお》を見せておくれ」

「先生、これが透明魚《とうめいうお》よ」

ウェンディが木彫《きぼ》りのテーブルに置かれた大きな水槽《すいそう》を指さすと、それを見たテイラー先生はおどろいた様子で口をぽかんと開けて言いました。

「これは、ふつうの透明魚《とうめいうお》ではないぞ。わしの文献《ぶんけん》によると、透明魚《とうめいうお》の大きさはアユくらいの大きさのはずじゃ。いったいどういうことなのじゃろうか」

「ぼくたちも、この透明魚《とうめいうお》を初めて見たとき、とてもおどろいたんです。じつはぼく、心の中で、テイラー先生はなんで透明魚《とうめいうお》が巨大魚《きょだいぎょ》だって教えてくれなかったんだろうって不思議に思っていたんです」

ぼくはテイラー先生をとがめるように見つめました。

「ひょっとしたら、この魚は透明魚《とうめいうお》の主《ぬし》なのかもしれぬ。ミツバチの中でも女王バチがひときわ大型《おおがた》なのと同様に、君たちがとらえた透明魚《とうめいうお》は透明魚《とうめいうお》の王のような存在《そんざい》だったのではなかろうか」

テイラー先生はそう言うと、黒いかばんの中から1冊《さつ》の使い古したぶ厚《あつ》い本を取り出し、パラパラとページをめくり始めました。そして、あるページに到達《とうたつ》すると手を止め、そのページを熟読《じゅくどく》し始めたのです。

「やっぱりだ。しばらくこの本を読んでいなかったため、細かいことはすっかりと忘れておった。透明魚《とうめいうお》は通常15センチメートルほどの大きさだが、まれに1メートルを超《こ》えるものも存在《そんざい》するとここに書いてあった。ということは……」

テイラー先生はにやりと笑うと、それ以上巨大透明魚《きょだいとうめいうお》に関することは何も言わずに、サラに指示を出しました。

「サラ、まな板とバケツ、それにすりこぎを持ってきておくれ。今からドノバンの薬を作ってあげよう」

その言葉を聞いたサラは感激してほほ笑むと、急いで台所に行き、まな板とバケツ、そしてすりこぎを持ってきました。

「さあ、材料をすべて出しておくれ。とくにこの透明魚《とうめいうお》は重すぎて、わしには取り出せんからな」

テイラー先生の言葉を聞くと、すぐにナンシーが桃色《ももいろ》バチのハチミツを、ジェイクがアプリシアの実を用意し、木彫《きぼ》りのテーブルの上に置きました。そして力持ちのディランはまだ気絶《きぜつ》していた透明魚《とうめいうお》を1人で水槽《すいそう》から取り出すと、そのままどさっとまな板の上にのせたのです。

テイラー先生はまず、黒いかばんから取り出した小型《こがた》ナイフを用いて、アプリシアの実の皮を1つ1つていねいにむいていきました。そして皮のむけた実をすべてバケツの中に入れると、すりこぎで器用にすりつぶし始めたのです。15分ほどでバケツの中のアプリシアの実は小麦粉《こむぎこ》のようにさらさらになりました。

次にテイラー先生は桃色《ももいろ》バチのハチミツの入った水筒《すいとう》を手に持ち、中身をすべてバケツの中に注ぎこみました。そして最後に、ディランとジェイクの力を借り、透明魚《とうめいうお》をバケツの真上に位置させると、腹《はら》の油袋《あぶらぶくろ》をアイスピックのようなもので突《つ》きました。すると、破《やぶ》れた袋《ふくろ》からは大量の油が流れだし、真下にあるバケツの中にどぼどぼと注がれていったのです。

「さあ、あとはこれをかきまぜるだけじゃ」

テイラー先生はそう言うと、バケツの中をすりこぎでていねいにかきまぜ始めました。そしてさらに15分ほどが経過《けいか》すると、バケツの中で大量の緑色の粉薬《こなぐすり》が完成したのです。

「さあ、完成じゃ。さっそくこれをドノバンに飲ませてあげよう。君たちは感染《かんせん》するといかんから、ここで待っていなさい。そうだ、サラ、私がドノバンを診《み》ている間に、この透《とう》明魚《めいうお》を刺身《さしみ》にして、この子たちに食べさせてやっておくれ」

テイラー先生はそう言うと、かばんの中から白いゴム手袋《てぶくろ》を取り出して両手にはめ、マスクで口をおおうと、そのままかばんとバケツを持って、ドノバンさんが寝《ね》ている部屋に向かって歩き始めました。そして、引き戸を開けると部屋の中に入り、ぴしゃりと扉《とびら》を閉《し》めたのです。

「パパの病気治るかな。どうかパパが元気になりますように」

チャンスが祈《いの》るように手を組み合わせて目をつぶりました。

「きっとだいじょうぶよ。ちゃんと薬もできたんだから」

ナンシーがなだめるように言いました。

ぼくたちがテイラー先生の診療《しんりょう》が終わるのを今か今かと待っていると、サラが台所から透明魚《とうめいうお》の刺身《さしみ》を持ってぼくたちの前に現《あらわ》れました。

「さあ、透明魚《とうめいうお》の刺身《さしみ》よ。おいしいかどうかわからないけど、召《め》し上がってみてね」

サラはそう言うと、ぼくたちの前に大皿に入った透明魚《とうめいうお》の刺身《さしみ》を置きました。

「わたしは遠慮《えんりょ》しておくわ。食べる気がしないもの」

ステラが顔をしかめました。

「ぼくは魚が大好物だから、食べてみようかな」

ぼくは透明魚《とうめいうお》の刺身《さしみ》を一切れ箸《はし》でつまむと、それをわさびじょうゆの入った小皿に少しつけ、口の中に入れました。

「わあ、おいしい！　これ、マグロよりおいしいかもよ。みんなも食べてみなよ」

ぼくの言葉を聞くと、ディラン、ジェイクも我先《われさき》にと刺身《さしみ》をつまみ、それぞれ口の中に入れてほおばりました。

「わあ、本当だ！　こんなおいしい魚、初めて食べたかも！」

ジェイクが興奮《こうふん》した様子で目を輝《かがや》かせました。

「ぼくも気に入ったよ。これなら何切れでも食べられるね」

ディランはそう言うと、さらにもう一切れ箸《はし》でつまみ、さっと口の中に入れました。

「わたしも食べてみるわ。なんだか食べなきゃ損《そん》する気がするもの」

ぼくたちの満足そうな表情《ひょうじょう》を見て、ナンシーも刺身《さしみ》を一切れつまむと、口の中に入れて食べ始めました。

「わあ、最高だわ！　透明魚《とうめいうお》はまさに魚の王様ね」

ナンシーの言葉を聞くと、ステラも気が変わったのか、だまって刺身《さしみ》を箸《はし》でつまむと、わさびじょうゆにつけ、口に運びました。

「まあ、本当ね。こんなにおいしいだなんて想像もしてなかったわ。意地を張《は》って食べないままでいたら、わたし、きっと一生後悔《こうかい》していたわ」

ステラがにこにこと幸せそうな表情《ひょうじょう》を浮《う》かべました。

「ぼくたちはいらないから、君たち全部食べてね。ぼくたちにできるお礼はこれくらいしかないから」

チャンスが言いました。

「ありがとう、チャンス。ウェンディ、君は食べないの？　キーシャやLBCのみなさんも食べてみたら」

ぼくがまだ透明魚《とうめいうお》の刺身《さしみ》を食べていないみんなに聞きました。でも、みんなぼくたちにこれからの冒険《ぼうけん》に備《そな》えて栄養を十分に取ってほしいと気を使ってくれて、結局マジックパークに招《まね》かれたぼくたちだけですべての透明魚《とうめいうお》を食べてしまいました。

ぼくたちがおなかもふくれ、幸せな気分でいっぱいになっていると、奥《おく》の部屋の扉《とびら》が開き、テイラー先生だけでなく、元気そうな表情《ひょうじょう》のドノバンさんも歩いて出てきたのです。

「薬がすごく効《き》いたようじゃ。君たちのおかげでドノバンの万年咳《まんねんぜき》は完全に治療《ちりょう》された。あとは時間に比例《ひれい》して体力ももどっていくじゃろう。ただし、ぶり返さないように、今後数週間は1日3回大さじ1杯《ぱい》の薬を水かお湯で飲むように」

「先生から君たちの話は聞いたよ。ようこそマジックパークへ。そして私の命を救ってくれて本当にありがとう」

ドノバンさんはそう言うと、ぼくたちに深々と頭を下げました。

「パパ、よかった！」

ドノバンさんの元気そうな表情《ひょうじょう》を見てそう言ったチャンスは、ウェンディとともに駆《か》け出し、2人でドノバンさんに抱《だ》きつきました。

「お前たちにもずいぶん迷惑《めいわく》をかけてしまったな。私《わたし》はもうだいじょうぶだ。本当にありがとう」

ドノバンさんが子どもたちを見つめながら言いました。

「あなた、治ってくれて本当によかったわ。ずっと心配だったのよ」

サラが3人の元に近づき、ほおを伝う涙《なみだ》を手のこうでぬぐいました。

「サラ、毎日看病《かんびょう》してくれてありがとう。君がいなかったら私《わたし》はもうだめだったかもしれない」

ドノバンさんはそう言うと、サラをぎゅっと抱《だ》きしめました。

「本当によかったね。そうだ、テイラー先生、ぼくたち透明魚《とうめいうお》の刺身《さしみ》を食べたんです。すごくおいしかったですよ」

喜《よろこ》びでいっぱいのぼくが報告《ほうこく》しました。

「ふふ。それはよかった」

テイラー先生がにやにやしながら言いました。

「透明魚《とうめいうお》の刺身《さしみ》を食べたんだから、ぼくたちも透明魚《とうめいうお》のように自らの意志《いし》で透明《とうめい》になれたらいいのに」

ジェイクが冗談《じょうだん》ぽくそう言いました。

「はは、まさか、それはありえないよ」

ぼくがそう言ってジェイクの肩《かた》をポンとたたこうとしたとき、ぼくはぎょっとしました。

なぜならぼくの手のひらは空を切り、となりにいるはずのジェイクの姿《すがた》が完全に消えてしまっていたからです。

「ジェイク、どこに行ったの？　たいへんだ、ジェイクが消えちゃった」

動揺《どうよう》がかくせなかったぼくは、早口にそう言いました。

「まあ、ほんと！　ついさっきまでここにいたのに」

ステラがきょろきょろと辺りを見回しました。

ぼくがすがるような気持ちでテイラー先生を見つめると、先生の口元がぴくぴくとふるえているのに気づきました。そしてついにがまんの限界に達したかのように大声を出して笑い始めたのです。

「わっはっは。ジェイク、君も意地悪なやつじゃな。みんなが心配しているんだから、返事くらいしてやったらどうかね」

テイラー先生が、もともとジェイクが座《すわ》っていたぼくの右どなりの空席に視線《しせん》を向けました。

「ふふ。だってみんながぼくが消えちゃったってあわてだしたからおもしろくなっちゃって、ついいたずら心で返事しないでいたんだ。ぼくはずっとここにいるのに。みんな、目がおかしくなっちゃったんじゃないの」

真横からジェイクの声が突然《とつぜん》聞こえてきたぼくは、ぎょっとしました。なぜなら、ぼくの右にはやはりだれもおらず、ただジェイクの声のみが聞こえてきたからです。

「テイラー先生、どういうことなんですか。説明してください！」

ナンシーが少し語気《ごき》を強めてたずねました。

「ははは、何も説明せず申《もう》し訳《わけ》なかった。わしもついいたずら心が働いてしまったのじゃ。先ほど透明魚《とうめいうお》に関する文献《ぶんけん》を読み返したとき、透明魚《とうめいうお》の主《ぬし》、つまり巨大透明魚《きょだいとうめいうお》を食べた者は自らの意志《いし》で透明《とうめい》になれるという伝説がある、と記された箇所《かしょ》があったんじゃ。わしらゴールドフィンチ島の住人たちもくわしいことはわからんのじゃが、以前、島の新聞に、マジックパークは冒険《ぼうけん》に満ちた場所で、来園者はその勇気と知恵《ちえ》が試されることとなるだろう、という記事があったんじゃ。透明《とうめい》になる能力《のうりょく》はきっと君たちのこの先の冒険《ぼうけん》に役立つことじゃろうと思ったから、わしがサラにたのんで刺身《さしみ》を君たちに食べさせるように計らったというわけじゃ」

「でも、先生、ジェイクは服まで消えちゃってますけど、これはいったいどういうことなんですか？」

ディランがたずねました。

「透明《とうめい》成分というのは、おそらく体にのみ働くわけではないのじゃ。透明《とうめい》になるということとは、君たちの骨《ほね》などもふくめてすべてが消えるということじゃろ。ということは、皮膚《ひふ》にふれている服などもふくめ、すべての物質《ぶっしつ》に対してその成分が作用するということなんじゃ。ただし、心配しなさんな。君たちが透明《とうめい》になりたいと念じる、またはそう言葉にすれば君たちは透明《とうめい》になるし、元にもどりたいと思えばすぐに元にもどれるわけじゃからな」

「すごく便利だけどなんか少しこわいわ。マジックパークから帰ったあとの生活にも影《えい》響《きょう》が出そうで、なんだかわたし、心配になってきちゃったわ」

ナンシーが困惑《こんわく》した表情《ひょうじょう》を浮《う》かべました。

「その心配は無用じゃ。この島全体には魔女《まじょ》の力により、不思議な魔力《まりょく》がたくさんかかっておるんじゃ。君たちがラムズ・クウォーター村にもどったら、もうその力を利用することはできなくなる。ただし、またここにもどってくるようなことがあれば、ここでは永《えい》久《きゅう》にその力を発揮《はっき》することは可能《かのう》じゃがな」

「それを聞いて安心したわ。ねえ、ジェイク、いいかげん姿《すがた》を現《あらわ》しなさいよ」

ナンシーがぴしゃりと言うと、ぼくの右どなりに突然《とつぜん》たじたじとした様子のジェイクが姿《すがた》を現《あらわ》しました。

「ねえ、みんなで一度実験してみようよ。みんなでいっせいに『透明《とうめい》になりたい』って念じるんだ」

ディランが提案《ていあん》しました。

「それはいい考えね。やりましょ。今後の冒険《ぼうけん》で必要なときはいつでも使えるように、何か合図を決めましょうよ。たとえば、空に向かって3本指を立てるとかどうかしら」

ステラが前のめりになって言いました。

「いいね。じゃあ練習しよう。みんな立って」

ぼくがそう言うと、仲間たちはみんな席から立ち上がりました。そしてぼくが天井《てんじょう》に向かってさっとうでを上げ、3本指を立てると、ぼくたちは全員、いっせいに姿《すがた》が見えなくなったのです。

「お見事ね。あなたたちのおかげで、LBCの視聴率《しちょうりつ》はきっと今ごろうなぎ登りだわ」

ナタリーが手をたたきながら言いました。そしてしばらくすると、ぼくたちは1人ずつ元の姿《すがた》にもどっていきました。

「作戦は大成功だね。何か必要な場面があったら絶対《ぜったい》使おうね。楽しみだなあ」

ジェイクが冒険心《ぼうけんしん》でいっぱいの笑顔を浮《う》かべました。

「そうだ、私《わたし》から君たちに何かお礼がしたい。これは我《わ》が家《や》に代々《だいだい》伝わる家宝《かほう》なのだが、私《わたし》の命を救《すく》ってくれたお礼にぜひ持っていっておくれ」

ぼくたちが練習に成功して酔《よ》いしれていると、ドノバンさんが歩みよってきて、こぶしくらいの大きさの青くて丸い宝石《ほうせき》を差し出しました。

「まあ、きれいな宝石《ほうせき》。この大きさからすると、すごく高価《こうか》なものなんじゃないかしら。ドノバンさん、本当にこんなすてきな宝石《ほうせき》をもらってもいいんですか？」

ナンシーが興奮《こうふん》した様子でたずねました。

「もちろんだよ。君たちがいなかったら、きっと私《わたし》の命は助からなかったはずだ。ぜひ持っていっておくれ」

そう言うと、ドノバンさんは青くきらめく宝石《ほうせき》をナンシーに手渡《てわた》しました。

「ねえ、みんな。これ、わたしが持っていてもいい？　なぜかわからないけど、この宝石《ほうせき》、わたしが持っていなきゃいけないもののような気がするの」

ナンシーが真剣《しんけん》な表情《ひょうじょう》で言いました。

「もちろんだよ。君がそう思うなら、きっと君が持っているのが一番なんだ」

ぼくはナンシーを見つめました。そしてみんなも、同意するかのように首を縦《たて》に振《ふ》ってうなずきました。

「ありがとう」

ナンシーはそう言うと、その青い宝石《ほうせき》をたいせつそうに自分のリュックサックの中にしまったのです。

「あなたたち、立派《りっぱ》なことをしたわね。きっと魔女《まじょ》も喜《よろこ》んでいるはずよ。さあ、そろそろ案内を再開《さいかい》させてもらうわ。空の滝《たき》に向けて出発しましょ。そこであなたたちが体験する最初の遊具が待っているはずよ」

キーシャがうながしました。

「ルークたち、本当にありがとね。これからの冒険《ぼうけん》がんばって。そしてマジックパークを思う存分《ぞんぶん》に楽しんでね」

チャンスがぼくの手をにぎりしめました。

そしてぼくたちは改めて、お世話になったサラやウェンディ、チャンス、ドノバンさん、テイラー先生にお礼を言うと、次の目的地、空の滝《たき》へ向けてわらぶき屋根の屋敷《やしき》をあとにしたのです。

## 第17話　空の滝《たき》

みんなに別れを告げたぼくたちは、キーシャの導《みちび》くままに、マジックパーク最初の遊具が待ち受ける空の滝《たき》へ向けて、森の散策道《さんさくどう》を歩み始めました。

屋敷《やしき》を出るとまず、透明魚《とうめいうお》を捕獲《ほかく》したへーゼル川の土手までもどり、そこから川沿《ぞ》いをさらに北東に向けて歩を進めました。川の水の透明《とうめい》さは流れる水の音と相まって、まるで不思議な力を放出しているかのようにながめるぼくたちの心をおだやかにしました。ぼくは途中《とちゅう》でキーシャにお願いし、すでに空になっていた水筒《すいとう》にへーゼル川の癒《いや》しの水を補《ほ》給《きゅう》すると、仲間たちとともに両手で水をすくい、思う存分《ぞんぶん》に飲みました。

「ああ、やっぱりこの川の水が一番だ。ねえ、キーシャ、空の滝《たき》はここから近いの？」

水を飲んで体が軽くなったぼくがキーシャにたずねました。

「あと20分くらい歩けば到着《とうちゃく》よ。それまで森の散策道《さんさくどう》の自然景観をゆっくりと楽しんでね」

キーシャが答えました。

水分補給《ほきゅう》をすませたぼくたちは、元気はつらつと空の滝《たき》に向かって土手沿《ぞ》いを歩き続けました。もうすぐマジックパーク初の遊具で遊べるかと思うと、ぼくの足どりは飛びはねるように軽く感じられたのです。

10分ほどが経過《けいか》したころ、ぼくの耳に遠くからゴーゴーと滝《たき》が流れ落ちる音が聞こえ始めました。

「滝《たき》の音が聞こえてきたわ。目的地まであともう少しってことね」

ナンシーが滝《たき》の音に負けないように少し大きめの声を出しました。

「いよいよだね。ああ、楽しみだなあ。マジックパークにはどんな遊び場があるのかなあ」

ジェイクがうれしそうな表情《ひょうじょう》を浮《う》かべて言いました。

そしてさらに5分ほど歩くと、無数の木々のすき間から迫力《はくりょく》満点の滝《たき》がぼくたちの視《し》界《かい》に入ってきたのです。

滝《たき》は、100メートルほどの高さの崖《がけ》からヘーゼル川に勢《いきお》いよく流れ落ち、水面では大きな水しぶきが上がり続けているようでした。滝《たき》の流れる音があまりにも大きかったため、ぼくは少し恐怖《きょうふ》に圧倒《あっとう》されましたが、早く遊具で遊びたいという好奇心《こうきしん》にまかせるままに、まるで滝《たき》に吸《す》いこまれるかのように前に進み続けました。

そしてついにぼくたちは滝《たき》の目の前まで到着《とうちゃく》したのです。

「すごい迫力《はくりょく》だね。見て、水しぶきで水面が霧《きり》がかかったようになってる」

ディランが前方の滝《たき》を指さしました。

「ねえ、遊具はどこにあるのかしら。何も見えないじゃない」

ステラがきょろきょろと周囲《しゅうい》を見渡《みわた》しました。

「あ、あそこに何かあるよ。ほら、滝《たき》の目の前の土手に、何か置いてあるでしょ」

ぼくが滝《たき》が落ちこむ水辺と陸地の境界《きょうかい》辺りを指さして言いました。

ぼくたちが滝《たき》の目前まで近づくと、そこには箱型《はこがた》の台座《だいざ》のようなものが置かれていました。そして、その直方体型の台座《だいざ》の右側面にはレバーのようなものが1つ、そしてハンドルのようなものが1つくっついていたのです。

「この台座《だいざ》は何だろう？　脇《わき》にレバーがついてるよ。下ろしてみよう」

ジェイクはそう言うと、レバーを下向きに1段階《だんかい》下ろしました。すると台座《だいざ》の上面に星印が現《あらわ》れたのです。

「どういうことだろう。まあ、いいや。今度はハンドルを回してみよう」

レバーから手をはなしたジェイクは、今度はハンドルを両手でにぎり、右に1段階《だんかい》回しました。すると今度はもともと灰色《はいいろ》だった台座《だいざ》の上面の色が緑色に変わったのです。

「なんだかパズルみたいだわ。正しい組み合わせにすれば何かが起こるんじゃないかしら」

　ステラが台を凝視《ぎょうし》しながらつぶやきました。

「パズルって言ったってさっぱり意味がわからないよ。何かほかに手がかりはないのかな。台座《だいざ》の周りをもう少ししっかりと調べてみよう」

　ディランはそう言うと、直方体型の台座《だいざ》の各面を1つずつ観察し始めました。

「あ、ここにボタンがある。何だろう。押《お》してもいいのかな」

　ディランの言うとおり、レバーとハンドルが付いた面の右どなり、つまり一番奥《おく》の面をよく見ると、そこには目立たない灰色《はいいろ》のボタンが付いていました。

「ねえ、ちょっと待って。ボタンは1つだけじゃないわ。ほら、ここにもある」

　ナンシーが今度はレバーとハンドルが付いた面の対面を指さして言いました。

　ぼくがその面を観察すると、たしかに下のほうにもう1つ、先ほどよりも小さな、やはり目立たない灰色《はいいろ》のボタンがあるのを見つけました。

「これ以外にはもう何もなさそうだね。さあ、どうする？」

ジェイクがぼくたちを見ながらたずねました。

「遊具なんてどこにも見当たらないし、どうやらボタンを押《お》すしかなさそうね。どっちを押《お》せばいいのかしら」

ナンシーがうで組みをしました。

「わたし、小さいころよく昔ばなしとか読んでたんだけど、小さいほうと大きいほうから選ぶときって、たいてい小さいほうを選ぶほうがうまくいくものよ。わたしだったら小さいほうのボタンを押《お》すわ」

ステラが言いました。

「ステラの言うとおりかもしれない。じゃあ、先に小さいほうのボタンを押《お》してみよう」

そう言うと、ぼくは小さいほうのボタンを人差し指でグイと押《お》しました。するとピシッという音とともに、台座《だいざ》の上面の上側の辺に平行な亀裂《きれつ》が面の上部に入り、そこからポッと画用紙のようなものが飛び出してきたのです。

「あ、この画用紙、絵が描《か》いてある。ほら、これはブランコの絵だ。上手だなあ。こんなブランコに乗ってみたいよ」

ディランが台座《だいざ》から飛び出てきた絵をまじまじと見つめました。

「ねえ、これわたしが描《か》いた絵よ。マジックパークに応募《おうぼ》したとき、わたしが描《か》いた絵がこれなの」

ナンシーがディランの手から画用紙に描《か》かれた絵をさっとうばい取りました。

「まあ、すてきな絵ね。これなら当選するのも納得《なっとく》だわ」

ステラがナンシーの描《か》いた絵を鑑賞《かんしょう》するようにながめました。

「でもなんでこんな所にわたしの絵があるのかしら。不思議だわ。結局レバーやハンドルとの関係性《かんけいせい》なんて何もわからなかったわね」

ナンシーがため息まじりに言いました。

「ねえ、もう1つのボタンも押《お》してみない？　今度こそ台座《だいざ》の謎《なぞ》を解《と》く手がかりが得《え》られるかもしれないしね」

ジェイクが提案《ていあん》しました。

「そうだね、押《お》せばきっとまた何か手がかりが出てくるんだよ。ジェイク、押《お》してみな」

ぼくがジェイクの肩《かた》をトンと押《お》しました。

「了解《りょうかい》。じゃあ、押《お》すね」

「ねえ、待って！　まだ押《お》さないで。わたし、わかったわ。たぶんこの台座《だいざ》の謎《なぞ》が解《と》けた気がするの！」

ナンシーがうれしそうに大声で言いました。

ぼくが期待の面持《おもも》ちでナンシーを見つめると、ナンシーの満面の笑みは徐々《じょじょ》に失《う》せ、そしてついに、不安におびえた表情《ひょうじょう》へと変化していきました。ナンシーの目線はある一点にくぎづけになっていたのです。それは、ジェイクが押《お》してしまったもう1つのボタンだったのです。

「ごめん、ナンシー。このボタン、押《お》したらまずかったの？」

ジェイクが青ざめたナンシーの表情《ひょうじょう》をうかがいながらたずねました。

「そんなことないわ、ジェイク。わたし、ただ嫌《いや》な予感がしただけなの。台座《だいざ》の謎《なぞ》が解《と》けたんじゃないかと思ったから、余計な危険を回避《かいひ》したかっただけよ。現《げん》に、あなたがあの大きなボタンを押《お》しても何も起こってないわけだし、きっとわたしの思い過ごしだわ」

少しおだやかな表情《ひょうじょう》を取りもどしたナンシーが答えました。

「ねえ、ナンシー、台座《だいざ》の謎《なぞ》が解《と》けたってどういうこと？　やっぱりレバーとハンドルの組み合わせがカギをにぎってるってこと？」

少しでも早くナンシーの謎解《なぞと》きを聞きたかったぼくは、好奇心《こうきしん》がおさえきれず、口早にたずねました。

ナンシーが説明を急ぐべく口を開こうとすると、突然台座《とつぜんだいざ》がゴゴーッと音を立てて揺《ゆ》れ始め、上面の中心部から透明《とうめい》な円柱状《じょう》の筒《つつ》のような物が30センチほど上方に伸《の》びてきたのです。ぼくたちがあっけに取られながらその様子を見つめていると、その筒《つつ》の中から青い物体が、まるで大砲《たいほう》から発射《はっしゃ》された砲弾《ほうだん》のように空に向かって無数に飛び出し始めました。その青くて丸みを帯びた物体は、ポンポンと音を立てながらとどまることなく空に向かって放出され続け、ぼくたちが空を見上げたときには、空はその物体でうめつくされるほどになっていたのです。

透明《とうめい》の筒《つつ》からは、さらにしばらくの間、物体の放出が続き、10分ほどが経過《けいか》するとついにその放出が止まりました。空をうめつくした無数のその物質《ぶっしつ》は、そこで停止《ていし》したままとどまっているようでした。

ぼくたちがわけがわからぬといった表情《ひょうじょう》で目を空にくぎづけにしていると、今度は透明《とうめい》の筒《つつ》から水色の光が空に向かって放出され始めました。その光を浴びた物質《ぶっしつ》はまるで宝石《ほうせき》のようにきらきらときらめきながら、ぼくたちの心をとりこにしたのです。

「まあ、きれい。こっちに落ちてこないかしら。わたし、記念に1つ持って帰りたいわ」

ステラがうっとりとした表情《ひょうじょう》できらめく空を見つめました。

すると突然《とつぜん》、空に停滞《ていたい》していた無数の物質《ぶっしつ》が一気に地面に向かって落下し始めたのです。

「わあ！　何なんだこれは！」

ジェイクが大声でさけびました。

そして青いボールのような物質《ぶっしつ》は次々と地面に落下し、今度はぼくたちの周辺の地面をうめつくしたのです。

「わあ、なんかこれぶよぶよしてるわ。変なの」

目の前に落ちてきた物体を拾い上げたステラがつぶやきました。

「ほら、みんな見てみて」

ステラが青い物体を持った手を前方に差し出したとき、それを見たディランががくがくとふるえながら言いました。

「ステラ、それカエルだよ。早く手をはなして。その青いカエル、テレビで見たことある。猛毒《もうどく》のやつだよ」

「きゃー！」

ステラがさけび声をあげて手を振《ふ》り払《はら》いました。するとそのぶよぶよとした三角の目のカエルは地面に落ち、ぴょんぴょんとはねながら草むらの中を逃《に》げていきました。

「ステラ、だいじょうぶ？」

ナンシーが心配そうにたずねました。

「わたし、なんだか気分が悪くなってきたわ。ふらふらするの」

ステラはそう言うと、草むらの中に座りこみ、そのままあおむけに倒《たお》れてしまいました。

そしてそのまま気を失ってしまったのです。

「たいへんだ！　毒《どく》にやられたに違《ちが》いない。いったいどうしたらいいんだ」

ディランの表情《ひょうじょう》が一気に青ざめました。

「ぼくたち、毒《どく》ガエルに完全に取り囲《かこ》まれちゃったみたいだね。いったいここには何万匹《なんまんびき》いるんだろう……」

ジェイクが辺りを見回しながら途方《とほう》に暮《く》れていると、1匹《ぴき》のカエルが突然《とつぜん》草むらから飛びはね、ジェイクの額《ひたい》にぴたりとくっつきました。

「わあ！」

ジェイクがとっさに右手でカエルを払《はら》いのけると、そのカエルは地面に落ち、そのまま草むらに消えていきました。

「みんな、ごめん。ぼくも気持ちが悪くなってきちゃった。ちょっと立っているのは無理かも」

ジェイクはそう言うと、真っ青な表情《ひょうじょう》でそのまま草むらにかがみこみ、やがてゆっくりとあお向けになると、そのまま動かなくなってしまったのです。

「ジェイク！　しっかりしろ！　お願いだから目を覚まして！」

ぼくは胸《むね》が張《は》りさけんばかりの声を出してジェイクに呼《よ》びかけました。

「このままだと全員毒《どく》ガエルにやられてしまう。仕方ない。一《いち》か八《ばち》かやってみよう」

ディランはそう言うと台座《だいざ》に向かって走り出し、急いで大きな灰色《はいいろ》のボタンを押《お》しました。

「どうか、カエルが台座《だいざ》に吸《す》いこまれますように」

ディランが祈《いの》るように両手を組み合わせると、台座《だいざ》の上面の透明《とうめい》の筒《つつ》から、今度は群《ぐん》青色《じょういろ》の煙《けむり》が放出されました。そしてその煙《けむり》は1か所で竜巻《たつまき》のようにうず巻《ま》きながら、草むらじゅうにいた数万匹《すうまんびき》のカエルを引きよせ始めました。やがて、すべてのカエルが竜巻《たつまき》の内部に入りこむと煙《けむり》は徐々《じょじょ》に消え、1匹《ぴき》の見たこともないほど巨大《きょだい》なカエルへと姿《すがた》を変えたのです。

「なんて巨大《きょだい》なカエルなんだ。高さが30メートルくらいはあるぞ」

ディランがぽかんと口を開けて言いました。

「どうしよう。あんな大きなカエル、太刀《たち》打《う》ちできないよ。猛毒《もうどく》があるから、さわることすらできないし」

ぼくが思案に暮《く》れながら巨大《きょだい》ガエルを見つめていると、その巨大《きょだい》ガエルが突然《とつぜん》大きな口を開け、弾丸《だんがん》のような速度で舌《した》を出し、あっという間にディランの体に巻《ま》きつけると、そのままディランを口の中に入れて飲みこんでしまったのです。

「ディラン！　何てことだ。ああ、もうだめだ、きっとぼくたちここでみんな死んでしまうんだ。マジックパークなんて来なければよかった！」

ぼくがぶるぶるとふるえながらナンシーのほうを見ると、ナンシーは必死で自分のリュックサックの中をあさっていました。そして、ぼくが再《ふたた》び視線《しせん》を巨大《きょだい》ガエルに移《うつ》すと、カエルは三角の目をきらりと光らせ、ぼくの顔をじっと凝視《ぎょうし》していたのです。その視線《しせん》はまるで、次の標的《ひょうてき》を決めた猛獣《もうじゅう》のように鋭《するど》かったのです。

# 第18話　台座《だいざ》の謎《なぞ》

台座《だいざ》の筒《つつ》から放出された青くてぶよぶよした物体の正体は、じつは猛毒《もうどく》ガエルで、それにふれてしまったステラとジェイクはあっという間に草むらに倒《たお》れてしまいました。そして、難局《なんきょく》を打破《だは》すべく再度《さいど》大きなボタンを押《お》したディランでしたが、今度は筒《つつ》から群青《ぐんじょう》色《いろ》の煙《けむり》が放出され、それが個々《ここ》のカエルを吸収《きゅうしゅう》し、1匹《ぴき》の巨大《きょだい》ガエルへと姿《すがた》を変えたのです。そしてそのままディランは巨大《きょだい》ガエルの攻撃《こうげき》により飲みこまれてしまいました。

ディランを飲みこんだ巨大《きょだい》ガエルはまばたきもせずにぼくを凝視《ぎょうし》し、攻撃《こうげき》のすきをうかがっているようでした。その眼光《がんこう》の鋭《するど》さにすっかり委縮《いしゅく》してしまったぼくは、金縛《かなしば》りにあったかのように身動きもできず、ひざをがくがくさせながら、その場に立ちつくしてしまいました。すると、リュックサックの中をゴソゴソと探《さが》しまわっていたナンシーが一瞬《いっしゅん》その手を休め、ぼくのほうをじっと見て言いました。

「ルーク、頭を使いなさい！」

そして、再《ふたた》びリュックサックに視線《しせん》を移《うつ》すと、そのまま中断していた作業を再開《さいかい》し始めたのです。

「ナンシー、どういうこと？　……待てよ。そうか、わかったぞ。すばらしいアドバイスをありがとう、ナンシー」

ナンシーの一言で、ぼくの恐怖心《きょうふしん》はまるで魔法《まほう》にかかったかのように吹《ふ》き飛び、足のふるえも嘘《うそ》のように止まりました。余裕《よゆう》の表情《ひょうじょう》を取りもどしたぼくは、今度は逆に巨大《きょだい》ガエルをにらみつけ返してやりました。

ぼくの視線《しせん》をまともに受けた巨大猛毒《きょだいもうどく》ガエルは逆上《ぎゃくじょう》したように低いうなり声をあげると、眉間《みけん》に深いしわをよせ、口を大きく開けると弾丸《だんがん》のような速度でぼくの体めがけて舌《した》を伸《の》ばしてきたのです。その舌《した》は瞬時《しゅんじ》にぼくの体の真横に到達《とうたつ》し、ぼくの体に巻《ま》きつこうと、らせん状《じょう》に回転を始めました。しかし、その舌《した》はぼくの体を捕《と》らえることなくカエルの口の中にもどっていきました。巨大《きょだい》ガエルは一瞬《いっしゅん》何が起こったのかわからず、そのまま身動きもせず、きょとんとした様子で前方を見つめていました。

「ルーク、さすがね。わたしのアドバイスを一瞬《いっしゅん》で理解するなんて、あなた、おりこうさんよ」

ナンシーがにやりとしながら言いました。

「ナンシー、もっとわかりやすく言ってくれればいいのに。君も意地が悪いなあ。命に関わるような事態《じたい》だったんだから」

　ぼくはむっとして口をとがらせました。

「わたしも自分のことで手がいっぱいで、くわしく話してるひまもなかったのよ。あなたならあの一言でわかってくれるって信じてたもの」

　ナンシーがぼくが立っているはずの場所をちらりと見ました。もちろんナンシーの視界《しかい》にはぼくの姿《すがた》は映《うつ》りませんでしたが。なぜなら、巨大《きょだい》ガエルが口を開いた瞬間《しゅんかん》に、ぼくは『透明《とうめい》になりたい』と心で念じて透明化《とうめいか》していたからです。そう、ナンシーのアドバイスにより、ぼくは透明魚《とうめいうお》の刺身《さしみ》を食べたことによって自らの意志《いし》で透明《とうめい》になる力が自分に備《そな》わっていることを思い出すことができたのです。

「でもここからどうしたらいいんだろう。逃《に》げてばかりじゃ何も先に進まないし」

　ぼくが必死でリュックサックの中身をあさっているナンシーに声をかけると、ナンシーが突然《とつぜん》手を止めました。

「まあ、これ光ってるわ」

　ナンシーはそう言うと、リュックサックの中からドノバンさんがくれた青い宝石《ほうせき》を取り出しました。ぼくが視線《しせん》をナンシーの手のひらにのせられた宝石《ほうせき》に移《うつ》すと、たしかにその宝石《ほうせき》は受け取ったときとは違《ちが》ってきらきらと輝《かがや》いていたのです。

すると自分の手のひらの上で輝《かがや》く宝石《ほうせき》に見とれていたナンシーが大きな声で言いました。

「お願い！　わたしたちを助けて！」

ナンシーが言葉を発すると同時に、宝石《ほうせき》から強烈《きょうれつ》な青い光線が空に向かって放たれました。そして光線の光が完全に消えると、宝石《ほうせき》も輝《かがや》きを失い、元の状態《じょうたい》にもどっていったのです。ぼくたちが放心状態《じょうたい》で空を見つめていると、やがて何かが遠くの空からこちらに向かって猛《もう》スピードで近づいてくるのに気づきました。

「ナンシー、あれを見て！　何かがこっちに向かってきてるよ！」

透明状態《とうめいじょうたい》のぼくがナンシーに大声でさけびました。

「ルーク、ひょっとしてあれは……」

ナンシーがうれしそうに涙《なみだ》を浮《う》かべ、希望に満ちた声で言いました。

「そうだよ、ナンシー。間違《まちが》いないよ。ぼくたちを助けに来てくれたんだ」

先ほどまでは小さな空の点だったその物体は、驚異的《きょういてき》な速度によりみるみるとその輪郭《りんかく》をあらわにし、ぼくたちがその正体に気づくほどまでに接近《せっきん》していました。

　ぼくたちを救出《きゅうしゅつ》しにやって来た救世主《きゅうせいしゅ》は、なんとラムズ・クウォーター村で行われた選考会で当選者発表をしたブルードラゴンのプルートだったのです。プルートは風を切りながら轟音《ごうおん》とともにぼくたちのいる草むらに近づき、ついに着地しました。

「やあ、ナンシー。呼《よ》んでくれてありがとう。ぼくに何か用があるの？」

　プルートがつぶらな瞳《ひとみ》でナンシーを見つめながら陽気な調子でたずねました。

「プルート、来てくれてありがとう。あのカエルを退治《たいじ》してちょうだい。そして、ステラとジェイク、ディランを助けてほしいの」

「なんだ、そんなことか。そんなの簡単簡単《かんたんかんたん》。もっと難《むずか》しいことをたのまれたらどうしようって心配してたんだ」

　プルートはそう言うと退屈《たいくつ》そうにあくびをし、そのまま巨大《きょだい》ガエルのほうを見据《みす》えると、そのカエルめがけて口から大きな青い火を吐《は》き出しました。青い炎《ほのお》は瞬《また》く間にカエルの体に到達《とうたつ》し、それをまともに浴《あ》びたカエルは気を失ったかのようにあお向けにひっくり返ってしまいました。そして口の中からディランを放り出すと、体の形をくずし、元のこぶしくらいの大きさの無数のぶよぶよしたカエルに姿《すがた》がもどり始めたのです。

　満足そうにそれを見ていたプルートは、今度は台座《だいざ》の筒《つつ》の中に向かって右目から光線を放ちました。すると、光を受けた筒《つつ》は掃除機《そうじき》のようにうなり声をあげ、次々とボールのようなカエルを吸引《きゅういん》し始めました。そして10分ほどが経過《けいか》したころ、筒《つつ》はすべてのカエルの吸引《きゅういん》作業が終了《しゅうりょう》したのか突然《とつぜん》動きを停止《ていし》し、そのまま台座《だいざ》の中に引っこんでいってしまったのです。

するとプルートはおどけた様子でナンシーのほうを見つめて目配せし、今度は生気《せいき》を失って倒《たお》れていたステラ、ジェイク、ディランに向かって、口から水色の気体を吐《は》き出しました。気体は3人の体をやさしく包みこみ、しばらくその場にとどまり続けました。やがて気体が完全に消失すると、それまで土気色《つちけいろ》だった3人の顔色が血色《けっしょく》の良い、健康的なものに変化したのです。

「ナンシー、ぼく君の役に立てたかな。3人はもうすぐ目を覚ますと思うよ。また青い宝《ほう》石《せき》が輝《かがや》くことがあれば、いつでもぼくを呼《よ》んでね。じゃあ、バイバイ。マジックパークを楽しんでね」

ナンシーがお礼を言う間も与《あた》えず、プルートは翼《つばさ》をバサバサと羽ばたかせて宙《ちゅう》に浮《う》き、もう一度ナンシーにウィンクすると、そのまま空に向かって飛び立っていったのです。

透明状態《とうめいじょうたい》から元の姿《すがた》にもどったぼくが口をぽかんと開けながらプルートの飛び立つ姿《すがた》

を見ていると、草むらで横になっていた3人を見ていたナンシーが言いました。

「あっ、ステラが目を開けたわ」

ぼくが視線《しせん》を遠くの一点と化したプルートから草むらの3人に移《うつ》すと、ちょうどジェイクとディランも閉《と》じていたまぶたを開いたところでした。

「なんだかすごくいい気分だわ。毒《どく》ガエルにさわったあと、あんなに気分が悪くなっていたのに、信じられないくらい体が軽いの」

ステラが草むらからさっと立ち上がりました。

「ステラの言うとおりだ。ぼくもあのカエルにさわったあと、体がくらくらして立ってもいられないくらいだったんだ。いったい何があったんだろう」

ジェイクがむくりと起き上がって言いました。

「ぼくなんて、あのカエルに飲みこまれたんだよ。今自分がここにいることすら信じられないよ」

ディランが立ち上がり、不思議そうに辺りをきょろきょろと見回しました。

「わたしたち、もう少しで全滅《ぜんめつ》するところだったのよ。でもドノバンさんがくれた宝石《ほうせき》が光ってたから、思わず『助けて』ってお願いしたら、プルートがわたしたちを助けに来てくれたの」

ナンシーはそう言うと、今に至《いた》るまでのいきさつを3人にくわしく説明し始めました。

「プルートはぼくたちの命の恩人《おんじん》だね。ぼくも会いたかったな」

ジェイクがくやしそうな表情《ひょうじょう》を浮《う》かべました。

「また会えるかもしれないわよ。青い宝石《ほうせき》が光ったときにお願いすれば、いつでも来てくれるって言ってたもの」

ナンシーが右手のひらにのせた、輝《かがや》きを失った青い宝石《ほうせき》を見つめながら言いました。

「ところでナンシー。君、台座《だいざ》の謎《なぞ》が解《と》けたかもしれないって言ってたよね。いったいどういうことなの？」

ぼくはナンシーを見つめてたずねました。

「さっき台座《だいざ》の小さなボタンを押《お》したとき、わたしの描《か》いた絵が出てきたでしょ。それってつまり、この台座《だいざ》はわたしと密接《みっせつ》に関連があるってことだと思うの。ジェイクがレバーを下げたとき、星印が現《あらわ》れたでしょ。あれはわたしとは関係のない印だわ」

「いったいどういうこと？　まったく意味がわからないわ」

ステラが少しイライラした声でナンシーを見つめました。

「選考会でわたしの当選を告《つ》げたのがプルートだったの覚えてる？　そもそもプルートは何から出てきたか、みんな覚えているかしら」

ナンシーがぼくたちを見回しながらたずねました。

「あっ、わかったぞ。ドラゴンはみんな卵《たまご》から出てきたんだった」

ジェイクが大声で言いました。

「なるほど、そういうことか。たしかプルートはハート形の卵《たまご》から出てきたんじゃなかったかな」

ディランが左の手のひらを右手のこぶしでぽんとたたきました。

「そのとおりよ。だから、わたしに密接《みっせつ》に関連がある形はハート形なの。つまり台座《だいざ》のレバーはハート形が現《あらわ》れるまで下げればいいんだと思うの。次に、ハンドルの件《けん》だけど、さっきジェイクが右に1回回したら台座《だいざ》が緑色になったでしょ。でもプルートが出てきた卵《たまご》の色は青だったわ。ということは、台座《だいざ》の色が青色になるまでハンドルを回せば正しい組み合わせが完成するんだと思うの」

ナンシーが言葉に力をこめて説明しました。

「ナンシー、やっぱり君は天才だよ。そんなことが瞬時《しゅんじ》に理解《りかい》できたただなんて本当にびっくりだよ」

　ぼくが両手のこぶしをにぎりしめました。

「さっそく試してみようよ」

　そう言うと、ジェイクは台座《だいざ》に向かって歩き出そうとしました。

「待って。マジックパークって本当にわたしたちの知力《ちりょく》と勇気が試される場所だと思うの。ひょっとしたら操作《そうさ》する人物も正しい組み合わせの条件《じょうけん》にふくまれているんじゃないかしら。だから、念のためわたしが操作《そうさ》するわ」

　そう言うと、ナンシーは台座《だいざ》に向かってすたすたと進んでいきました。そして台座《だいざ》にたどり着くとすぐにレバーを操作《そうさ》し、上面にハート形が現《あらわ》れるとそこでレバーを停止《ていし》させました。次にナンシーはハンドルを右に回し始めました。そして、台座《だいざ》の色が青色になるまで操作《そうさ》を続けたのです。

　すると突然《とつぜん》、台座《だいざ》の上面の中央がググッとへこみ、こぶしサイズのくぼみが現《あらわ》れたのです。ぼくたちが呆然《ぼうぜん》とその様子をながめていると、そのくぼみを見たナンシーは躊躇《ちゅうちょ》することもなく、そこにドノバンさんからもらった青い宝石《ほうせき》をうめこみました。

　そしてしばらくすると、青い宝石《ほうせき》から水色の光が空に向かって一直線に放出されたのです。ぼくたちがあっけにとられながら目を空にくぎづけにしていると、光は空で徐々《じょじょ》に変形しながら固形化し、大きな水色の橋となり、空の滝《たき》の目の前の両岸に落下しました。

「あなたたち、よくやったわね。あなたたちの知力《ちりょく》には脱帽《だつぼう》したわ。さあ、マジックパーク最初の遊具で思いっきり遊んでらっしゃい」

ぼくたちが後ろを振《ふ》り返ると、それまで沈黙《ちんもく》を保《たも》っていたキーシャが満足そうに両手をパチパチとたたいていました。

「キーシャ、どういうこと？　この橋の階段《かいだん》を上っていけば遊具が見えるの？」

わけがわからず混乱《こんらん》していたぼくがたずねました。

「そうよ、階段《かいだん》を上って橋の真ん中で立ってごらんなさい。遊具が出てくるわよ。ナンシー、これはたいせつなものだから、このあとも持ち続けていなさい」

キーシャはそう言うと台座《だいざ》まで歩みより、そこにはめこまれた青い宝石《ほうせき》を取り除《のぞ》くと、ナンシーの手にそっとのせました。

「さあ、いってらっしゃい。ナンシー、あなたが描《か》いた絵を忘《わす》れずに持っていきなさいね。ほかの荷物類はここに置いたままでかまわないわ」

キーシャはそう言うと後ろで待機していたＬＢＣスタッフ陣《じん》のほうを振《ふ》り返りました。

「さあ、あなたたちもしっかりとお仕事をしてちょうだいね。いよいよマジックパーク初の遊具のお披露目《ひろめ》なんだから」

キーシャとLBCのスタッフ陣《じん》が川岸で待機する中、ぼくたちはいよいよマジックパーク初の遊具で遊ぶため、きらきらと輝《かがや》く半透明《はんとうめい》の水色の橋の階段《かいだん》へと足を踏《ふ》み出したのでした。

# 第19話　至福《しふく》のブランコ

台座《だいざ》の仕組みに関するナンシーの推理《すいり》は見事に的中し、ぼくたちはついにその謎《なぞ》を解《と》くことに成功しました。ドノバンさんからもらった青い宝石《ほうせき》から放出された光は空中で美しい橋となり、空の滝《たき》の絶景《ぜっけい》を見渡《みわた》すのに最高ともいえる場所に落下したのです。そして今、ぼくたちはマジックパーク初の遊具で遊ぶべく、水色の橋の階段《かいだん》を上り始めたのでした。

「この階段《かいだん》、ガラスでできているのかな？　半透明《はんとうめい》だから下を見ると少しこわいよ」

恐怖心《きょうふしん》のためか自然と両ひざが曲がった状態《じょうたい》で階段《かいだん》の先頭を上っていたぼくは、両手でしっかりと手すりをつかみながら慎重《しんちょう》に歩を進めていきました。そして、手すりをつかんだ両手はすぐに汗《あせ》ですべりやすくなってしまうため、時折ぼくは手のひらをズボンで拭《ふ》きながら、どうにか階段《かいだん》を最後まで上りきることができたのです。

「全員無事に階段《かいだん》を上りきることができたわね。ねえ、橋の真ん中を見て。何かあるわ」

後方を見て全員が橋の上まで到達《とうたつ》したことを確認《かくにん》し終えたナンシーが、再度《さいど》前方に向き直って言いました。ナンシーが指さす橋の真ん中には、空の滝側《たきがわ》の欄干《らんかん》の上に薄《うす》いガラスの羽目板《はめいた》のような物がのっていたのです。

「何だろう。とりあえず近づいてみよう」

ディランが提案《ていあん》しました。

滝《たき》の轟音《ごうおん》と橋の色が半透明《はんとうめい》であることがぼくたちの恐怖心《きょうふしん》を倍増《ばいぞう》させ、ぼくたちの足はすっかりすくみ上がり、橋の真ん中へ向かうぼくたちは亀《かめ》のようにゆっくりとした速度で前進を続けたのでした。そして、ぼくを先頭に、ナンシー、ジェイク、ステラ、ディランの順で歩を進めたぼくたちは、３分ほどたってようやく、橋の中央にたどり着くことができたのです。

「ねえ、このガラスけっこう厚《あつ》みがあるみたいだけど、上面に深いすき間があいてるわ」

ステラが羽目板《はめいた》の上面を指さしました。たしかにステラの言うとおり、羽目板《はめいた》ガラスの厚《あつ》さは5センチほどもあり、上面の中央には深い溝《みぞ》があったのです。

「さっきキーシャがナンシーに描《か》いた絵を持っていくようにって言ってたけど、ひょっとしたら、ここに絵を差しこんで展示物《てんじぶつ》みたいにするんじゃないのかな」

ジェイクが思い出したように言いました。

「そういえば、キーシャは橋の階段《かいだん》を上って真ん中に立てば遊具が現《あらわ》れるって言ってたわ。でも、やっぱり遊具なんてどこにも見当たらないわ。ジェイクの言うとおり、わたしの描《か》いた絵をここに飾《かざ》れば何かが起こるのかもしれないわね」

ナンシーはそう言うと、右手に丸めた状態《じょうたい》で持っていた絵を真っすぐに伸《の》ばし、空の滝《たき》側《がわ》の欄干《らんかん》の上に突《つ》き出たガラス板の中に差しこみました。絵はすっと中に入りこみ、美《び》術館《じゅつかん》の絵のように美しく展示《てんじ》されました。そして不思議なことに、ガラス板の上部にあった差込口《さしこみぐち》はいつの間にかガラスでうまり、割《わ》らない限《かぎ》り二度と取り出すことができない状態《じょうたい》になってしまったのです。

ぼくたちがおどろいた様子で飾《かざ》られたナンシーの絵を見つめていると、ガラス板から突《とつ》然《ぜん》音楽が鳴り始めました。それは遊園地にぴったりともいえる曲で、ぼくたち全員を楽しい気分でいっぱいにしたのです。

「本日はマジックパークにお越《こ》しいただきありがとうございます。ただいまよりお客さま方にはナンシー・リーフの絵画作品『至福《しふく》のブランコ』をテーマとした遊具をお楽しみいただきます。係員の指示《しじ》に従《したが》ってルールを守り、安全で楽しいひと時をお過《す》ごしください」

ガラス板から流れる音楽に夢中《むちゅう》になっていたぼくたちは、いつの間にか自分たちが上ってきた階段《かいだん》とは反対側の階段《かいだん》から上ってきた係員がすぐ真横に立っていることにも気づかず、突然《とつぜん》の声に思わず後ずさりをしてしまいました。ぼくたちが左側を振《ふ》り返ると、目の前には形がチョウの羽で、色がトンボの羽のように透明《とうめい》な翼《つばさ》をつけた係員と思われる妖精《ようせい》が視界《しかい》に映《うつ》ったのです。

「今回、みなさまのご乗車の案内役を務《つと》めさせていただくミラと申します。どうぞよろしくお願いいたします」

70センチほどの小柄《こがら》な身長で銀色の長い髪《かみ》をしたミラはそう言うと、羽を使ってふわふわと舞い上がり、手に持っていた先端《せんたん》がハート型の杖《つえ》を空の滝《たき》の方向に向け、さっと一振《ひとふ》りしました。すると不思議なことに、怒涛《どとう》の如《ごと》く流れていた空の滝《たき》が一瞬《いっしゅん》にして液体《えきたい》のままその動作を停止《ていし》し、まるで時間が止まったかのように静寂《せいじゃく》が訪《おとず》れたのです。そして、ミラがもう一度杖《つえ》を振《ふ》ると、今度は滝側《たきがわ》の水面からピンク色の50メートルほどの長さの棒《ぼう》が距離《きょり》を開けて2本浮《う》き上がってきたのです。その2本のピンクの棒《ぼう》はミラの杖《つえ》の動きに合わせて上昇《じょうしょう》し、ぼくたちの目の前までやって来ました。そして、そこからさらに1メートルほど上昇《じょうしょう》すると、ぼくたちは2本の棒《ぼう》が透明《とうめい》に近い色の5つの綱《つな》のようなものでつながっていて、そこから5つのブランコが釣《つ》り下がっていることに気がついたのです。2本の棒《ぼう》の中央に位置していた5つのブランコの座席《ざせき》はスーッとすべるようにぼくたちのいる左側によってきて、ぼくたちが座《すわ》りやすいようにくるっといっせいに左に反転しました。

「さあ、みなさんご乗車ください。そして、シートベルトの装着《そうちゃく》を忘《わす》れてはいけませんよ。ヘルメットも必ず着用してくださいね」

ぼくたち全員がブランコに着席し、シートベルトをしめたのを確認《かくにん》したミラは、ぼくたち一人一人の前で杖《つえ》を振《ふ》りました。すると、ぼくたちの頭は一瞬《いっしゅん》にしてヘルメットにおおわれたのです。

「ミラ、君、案内役なんでしょ。座席《ざせき》はぼくたち5人分しかないけど、君は乗らないの？」

ぼくがミラにたずねました。

「私《わたし》は先頭を飛んでいくからだいじょうぶよ。このブランコは私《わたし》の動きに合わせて動くのよ」

ミラが右手で胸《むね》をポンとたたきました。

「さあみなさん、準備《じゅんび》は整いましたか？　では『至福《しふく》のブランコ』をお楽しみください」

ミラはそう言うと、先頭に座《すわ》ったぼくよりも前の位置にふわふわと飛んできて、杖《つえ》を振《ふ》りました。すると、橋の側へ反転していたブランコは元どおり前方を向き直り、スーッと元の中央の位置にすべるように移動《いどう》しました。そしてミラはぼくたちのほうを見てにっこりとほほ笑むと前方を向き、杖《つえ》を思いきり振《ふ》って大声でさけんだのです。

「出発、進行！」

ミラが号令を発すると、ぼくたちの乗った5つのブランコは同じリズムで前後に揺《ゆ》れ始めました。ぼくが右下に目を向けると、そこには停止《ていし》した美しい空の滝《たき》の絶景《ぜっけい》が広がっていたのです。

「そういえば、ミラが杖《つえ》を振《ふ》ったら滝《たき》の動きが止まったんだった。でもいつまで滝《たき》は止まってるのかな？」

ぼくがひとり言のようにボソッとつぶやきました。すると、底面と背面《はいめん》、そして両側面が囲《かこ》われた座席《ざせき》からミラの声がひびいたのです。

「滝《たき》はみなさんの乗車が完全に終わったら、また動き出すのよ。あなたたちの乗車は始まったばかり。最後まで、しっかりと楽しんでくださいね」

聞こえるはずのないぼくの声をミラがしっかりと聞き取って、回答までしてくれたことにおどろいたぼくがきょとんとしていると、今度は座席《ざせき》からぼくの後ろのブランコに乗っているはずのナンシーの声がはっきりと聞こえてきました。

「このブランコすごいわ。乗りながらわたしたちが会話できるようにマイク機能《きのう》がついているんだわ。でも、わたし、一つ気になることがあるの。このブランコ、わたしが絵で描《か》いた『至福《しふく》のブランコ』と違《ちが》うわ。わたし、橋の上でミラの言葉を聞いたとき、てっきり自分が描《か》いた絵がそのまま乗り物になるのかと思ってたのに」

すると、再《ふたた》び座席《ざせき》からミラの回答がひびき渡《わた》ったのです。

「さっき言ったけど、『至福《しふく》のブランコ』は今始まったばかりよ。楽しくなるのはこれからなんだから。あわてないでゆったりと構《かま》えていてくださいね」

公園のブランコのように一定のリズムで前後していたブランコからは、マジックパークの自然を十分に堪能《たんのう》することができました。前方には神秘的《しんぴてき》な山が見え、左側にはヘーゼル川の両岸に広がる森の散策道《さんさくどう》を見下ろすことができたのです。

ぼくがブランコの心地よい揺《ゆ》れと風景の美しさにうっとりしていると、座席《ざせき》から再《ふたた》びミラの声がひびきました。

「さあ、みなさん。今から切りはなしをするわよ。えいっ！」

ミラはそう言うと、魔法《まほう》の杖《つえ》で空中にくるりと円を描《か》きました。すると、5つの座席《ざせき》のみを残し、ぼくたちがぶら下がっていた透明《とうめい》の綱《つな》、そして座席《ざせき》を上部から支《ささ》えていた2本のピンクの棒《ぼう》は一瞬《いっしゅん》にして姿《すがた》を消しました。

「わあ、落ちる！」

ジェイクがさけび声をあげました。

ところが不思議なことに、座席《ざせき》は今までと変わらずぼくたちを乗せたまま宙《ちゅう》に浮《う》かび、落下するような様子は一向にありませんでした。

「こわがらなくてだいじょうぶよ。さあ、ブランコの動きに慣《な》れてもらうために、少し動き方を変えてみるわね」

ミラがそう言うと、ブランコは前後の動きを停止《ていし》し、今度はゆっくりと下降《かこう》し、しばらくすると逆に上昇《じょうしょう》をするという動きを繰《く》り返し始めました。

「まあ、すてき。なんだか観覧車《かんらんしゃ》に乗っているみたいだわ」

うっとりとした様子のステラの声が座席《ざせき》からひびきました。

「みなさん、だいぶブランコの動きに慣《な》れてきたみたいね。さあ、ここからが楽しくなるのよ。えいっ！」

ミラが杖《つえ》を使ってすばやく空中に文字を書くような動きを示《しめ》したとき、ジェイクの声が座席《ざせき》からひびきました。

「あっ、これナンシーの絵に描《か》かれていたブランコだ。すてきだなあ」

ジェイクの言うとおり、ミラの合図とともに、ぼくたちが座《すわ》っていた座席《ざせき》は、ナンシーの絵に出てきた美しい大きな赤い花びらに変身していたのです。そして、ぼくたちのブランコが動くとともに、5つの座席《ざせき》からは無数の花びらが紙吹雪《かみふぶき》のように舞《ま》い、ぼくはまるで夢《ゆめ》の中の世界にいるような気分になったのです。

「わあ、すごい！　なんて美しいんだろう。周りは花吹雪《はなふぶき》でいっぱいなのに、座席《ざせき》の花びらはそのままだね」

ぼくは感動で胸《むね》がつまりそうでした。

「みなさん、お楽しみいただいていますか。さあ、今からトンネルをくぐりますよ」

ミラの声を聞いたぼくが前方を見ると、なんとぼくたちの目の前には大きな淡《あわ》い色のトンネルが浮《う》かんでいたのです。赤い花びらのブランコはトンネルに吸《す》いこまれるように前方に進み、そのままぼくたちはトンネルの中に突入《とつにゅう》しました。

トンネルの中はまるで別世界が広がっているようでした。美しい妖精《ようせい》たちのオーケストラが音楽を奏《かな》で、鳥たちがさえずり、そしてなんだかとてもいい香りがしたのです。

「ねえ、ブランコの座席《ざせき》が変わったわ。これ、バラの花びらよ」

ナンシーがうれしそうに座席《ざせき》を見下ろしました。

ナンシーの言うとおり、座席《ざせき》の花びらは先ほどの大きなアマリリスのようなものから、いつの間にか美しいピンクのバラの花びらに変わっていたのです。そして、そこからは甘《あま》い香りがいつまでも漂《ただよ》い続けました。

ぼくがいつまでもこのトンネルの世界が続いてほしいと思いながら乗車を楽しんでいると、ふとある物がぼくの目にとまったのです。ほかのみんなが気づいたかどうかはわからないのですが、ぼくが一瞬《いっしゅん》芝生《しばふ》の上を這《は》っていた無数の美しいてんとう虫に目線を移《うつ》したとき、ぼくにはそのてんとう虫が地面に文字をかたどっているように思えたのです。ぼくの目にはその文字が「助けて！」と書いてあるように見えました。

ぼくがみんなに知らせるべく、口を開こうとしたそのとき、ぼくたちはトンネルの出口から外に飛び出し、元の外の自然の世界へともどったのでした。

「さあ、みなさん。トンネルの世界はどうでしたか。今から、いよいよ『至福《しふく》のブランコ』の後半の部分に入っていきます。えいっ！」

ミラの掛《か》け声がひびき渡《わた》ると、ぼくたちの乗るブランコは大きく横に１８０度弧《こ》を描《えが》き、空の滝《たき》の方向へ高速で動き始めました。ぼくがジェットコースターのようなその速度に顔をこわばらせていると、ステラの声が座席《ざせき》にひびきました。

「わあ、楽しい！　わたし、ジェットコースター大好きなの。しかも花びらの座席《ざせき》がまた変わっているわ。これ、桜《さくら》の花よ」

ぼくが目線を真下に移《うつ》すと、たしかに座席《ざせき》はいつの間にかバラから桜《さくら》の花びらに変化し、そこからは無数の桜吹雪《さくらふぶき》が空に舞《ま》い始めていたのでした。

「まあ、これわたしの絵で表現《ひょうげん》したものそのものね。ということはひょっとして……」

ナンシーの期待に満ちた声が聞こえてきました。

うなりをあげながら高速で移動《いどう》する桜《さくら》の花のブランコは、あっという間に空の滝《たき》の目の前まで到達《とうたつ》すると、徐々《じょじょ》に減速《げんそく》し、そしてついに停車《ていしゃ》しました。

「さあ、いよいよお待ちかねのクライマックスよ。思いっきり楽しみましょ」

ぼくたちを見てにっこりとしたミラはそう言うと、再《ふたた》び杖《つえ》を使って空中に文字を書くような動きを作りました。すると、縦《たて》一列の状態《じょうたい》で並《なら》んでいたぼくたちの座席《ざせき》はそれぞれ別々の方向に移動《いどう》し、大きな輪のようにお互《たが》い向かい合う配置《はいち》へと変化したのです。

# 第20話　クローバーアイランド

ナンシーの描《か》いた絵に基づいて作られた遊具、『至福《しふく》のブランコ』に乗ったぼくたちは、座席《ざせき》がさまざまな花へと変化するブランコでの冒険《ぼうけん》を満喫《まんきつ》していました。空中に浮《う》かぶトンネルから外に出ると、ぼくたちの座席《ざせき》はそれぞれが向かい合う円形の配置《はいち》に変わり、いよいよ乗車もクライマックスを迎《むか》えようとしていたのです。

「きれいな輪の形ができ上がったわね。さあ、みんな準備《じゅんび》はいいかしら。えいっ！」

ミラが魔法《まほう》の杖《つえ》を振《ふ》ると、ハート形の杖《つえ》の先から黄色い光線がほとばしり、ぼくたちの座席《ざせき》が作り出した円の中心に到達《とうたつ》しました。すると、ポンッとというはじけるような音とともにぼくたちの周囲《しゅうい》は黄色い煙《けむり》でおおわれ、しばらくの間ぼくたちの視界《しかい》がさえぎられたのです。

「この煙《けむり》のせいで周りがよく見えないけど、座席《ざせき》が円の中心にひっぱられている気がする」

ディランの声がぼくの座席《ざせき》からひびきました。

ディランの座席《ざせき》だけでなく、ぼくの座席《ざせき》も円の中心に向かってすべるように動いている感じがしました。ぼくたちの乗った5つブランコは半径をちぢめながら円の中心近くまで移動《いどう》し、いつの間にかぼくたち5人はとても近い位置まで接近していたのです。

「ねえ、座席《ざせき》を見て！　もう桜《さくら》の花びらじゃないわ。わたしたち、気づかないうちに、1つのとても大きな花の座席《ざせき》に座っているのよ。これって、まさにわたしの絵で描《か》いたとおりだわ」

誇《ほこ》らしげにそう言ったナンシーの目は、きらきらと輝《かがや》いていました。

ぼくが改めて座席《ざせき》を確認《かくにん》すると、ぼくたちは接近《せっきん》する前の円と同じくらいの大きさ、つまり直径10メートルほどのヒマワリの花の座席《ざせき》に全員が収まっていたのです。黄色い煙《けむり》は徐々《じょじょ》に晴れ、完全に周囲《しゅうい》の風景を取りもどしたぼくたちは、期待の眼差《まなざ》しでミラに注目しました。

「さあ、みなさん。このヒマワリのブランコに乗って、今から空の滝《たき》の真下の水面にもぐるわよ。楽しみにしていてね」

「そんなことしたら、びしょびしょになって風邪《かぜ》ひくわ。水の中だと呼吸《こきゅう》だってできないし、そんなこと絶対《ぜったい》にやめて！」

ステラがヒステリックな声を上げました。

「ステラ、ここはマジックパークなのよ。余計《よけい》な心配は必要ないわ。さっきの黄色い煙《けむり》は、ただ花びらを変化させるだけじゃなくて、あなたたちの安全を守るあらゆる成分もふくまれてるんだから」

ミラが得意げに言いました。そして、右手で魔法《まほう》の杖《つえ》を大きく振《ふ》り上げると大声で「えいっ！」とさけんだのです。

すると、ぼくたちの乗ったヒマワリは勢《いきお》いよく花びらを散らしながら、下方にある停止《ていし》した滝《たき》に向かって下降《かこう》し始めました。そして、滝《たき》の目の前まで来ると10秒ほど停止《ていし》し、そのまま、真下の水面に落下するように飛びこんだのです。

「わあ！」

ぼくは大声でさけびました。降《ふ》りかかる水しぶきを想定したぼくは、両うでを顔の前で交差させ、思わず目をつぶりました。全身が水で濡《ぬ》れる不快感《ふかいかん》と呼吸《こきゅう》に苦しむ自分の姿《すがた》を想像《そうぞう》したぼくは、恐怖《きょうふ》で鳥肌《とりはだ》が立ち、水面に入りこむ直前に大きく息を吸《す》いこんだまま呼《こ》吸《きゅう》を止め、いつまでも目をつぶっていたい気分に襲《おそ》われました。

しかし、不思議なことに、とっくに水面に突入《とつにゅう》したはずのヒマワリの座席《ざせき》からは、水しぶきが立たず、想像《そうぞう》していたような大きなザブンという音も立たず、何よりも体が濡《ぬ》れたような不快感《ふかいかん》や寒気《さむけ》すら感じられなかったのです。それでも閉《と》じた目を開ける勇気のなかったぼくは、おそるおそる口から少しだけ息を吐《は》き出してみました。

音を立てて気泡《きほう》が出ることを想像《そうぞう》していたぼくは、まるで陸上にいるときのような空気の出かたにおどろき、今度は少しだけ口を開け、口の中に水が入りこむかどうかを確《たし》かめようとしました。ところが、開けた口の中には水は入りこまず、陸地にいるときのように通常《つうじょう》どおり空気を吸《す》いこむことができたのです。

「わあ、いったいどうなってるんだろう！　ぼくたちは水面の下にもぐりこんだはずのに、ここは水中じゃないよ。ここは、空だ」

ジェイクのおどろきに満ちた声がぼくの耳に届《とど》きました。

その言葉に反応《はんのう》したぼくは反射的《はんしゃてき》に両目を開き、目前に広がる景色に圧倒《あっとう》されました。

なんと空の滝《たき》の水面の中には上の世界とは別の空があり、ぼくたちの乗ったヒマワリのブランコは、傾斜角度《けいしゃかくど》45度ほどもある急斜面《きゅうしゃめん》のスキースロープのような雲のレールの上を高速で滑走《かっそう》していたのです。

「まあ、すごいスピード。風が気持ちよくてすごく楽しいわ。ところで、この空はどこまで続くのかしら。下を見ても空ばかりが広がって、陸地が全然見えてこないわ」

ナンシーが好奇心《こうきしん》と不安の入りまじったような声で言いました。ヒマワリの花吹雪《はなふぶき》が舞《ま》う中、ぼくたちのブランコは延々《えんえん》と滑走《かっそう》を続けたのです。

高速下降《かこう》を始めてから5分ほどが経過《けいか》したとき、ぼくの忍耐《にんたい》がついに限界《げんかい》を迎《むか》え、ミラにたずねました。

「ミラ、ぼくたち、いつまで下降《かこう》するの？　いったいここはどこなの？」

「ここは空の滝《たき》の内部よ。空の滝《たき》の水面下はふだんはふつうの川底なんだけど、滝《たき》の動きを停止《ていし》させると空の世界に行けるの。あの滝《たき》は、空の世界との連絡口《れんらくぐち》だから『空の滝《たき》』っていうふうに名づけられたのよ。ほら、あそこを見て。島が見えるでしょ。空の世界では空の所々に大陸や島が浮《う》かんでいて、そこで生活している人々や動物たちがいるのよ。ちょっと立ちよってみましょ」

ぼくがミラの杖《つえ》がさす方向を見ると、ぼくたちの滑走《かっそう》している雲のレールからそれた左下側に小さな島が見えました。海のように果てしなく広がる青い空の世界の中にポツンと浮《う》かんだその島を見たとき、ぼくはなんだか少しほっとした気分になったのです。

「ご乗車のみなさまにお伝えいたします。ただいまより、みなさまには空の世界の島、クローバーアイランドにお立ちよりいただきます。予定では、そこでしばらく休憩《きゅうけい》していただいたのち、再度《さいど》『至福《しふく》のブランコ』でマジックパークにもどる運びとなっております。えいっ！」

ぼくたちにアナウンスをしたミラは魔法《まほう》の杖《つえ》を振《ふ》りかざすと、勢《いきお》いよく振《ふ》り下ろしました。すると、雲のレールは遠くで曲線を描《えが》き、クローバーアイランドのほうにグイグイと動き、そして島に接続《せつぞく》されたのです。

「ずっと座《すわ》ってたから、少し休憩《きゅうけい》できるのはいいね。どんな島なのか楽しみだなあ」

高速で滑走《かっそう》を続けるヒマワリのブランコの中で、ぼくは両うでを高く上げ、大きく伸《の》びをしました。

ぼくたちの乗ったブランコは線路を走る汽車のように滑走《かっそう》を続け、しばらくすると傾斜《けいしゃ》が徐々《じょじょ》に緩《ゆる》やかになり減速《げんそく》し始めました。そしてクローバーアイランドの手前まで来ると、徐行速度《じょこうそくど》で前進し、ついにぼくたちは空の世界に浮《う》かぶ神秘《しんぴ》に満ちたその島にたどり着いたのです。

ヒマワリのブランコに乗って停止《ていし》した空の滝《たき》の内部に入りこんだぼくたちは、雲のレールの上を滑走《かっそう》し、空の世界の島、クローバーアイランドに到着《とうちゃく》しました。

ヒマワリのブランコが完全停車《ていしゃ》するとぼくたちのシートベルトは自然と外《はず》れ、ぼくたちのかぶっていたヘルメットも、ミラが杖《つえ》を一振《ひとふ》りすると姿《すがた》を消してしまいました。ゆっくりと島に足を踏《ふ》み入れたぼくは、地面全体をじゅうたんのようにふさふさとおおうシロツメクサの美しさに感動し、しばらく眼前《がんぜん》に広がる風景に見とれていました。そして、ふと思い出したように後ろを振《ふ》り返り、島の端《はし》から見渡《みわた》せる無限《むげん》の空の世界を改めてじっとながめたのです。

「島の先端《せんたん》から見る風景は、空のほうを向いても島内のほうを向いてもすごくすてきでしょ、ルーク。さあ、みなさん、この島はあなたたちにとってたいせつな場所なのよ。急ぎましょ」

ミラはそう言うと、翼《つばさ》を羽ばたかせながら前に進み、ぼくたちの誘導《ゆうどう》を始めました。

「地面がシロツメクサでびっしりとおおわれてるわ。歩くとふわふわして気持ちがいいわね」

ステラが幸せそうに足踏《あしぶ》みしました。

「でも、シロツメクサ以外の植物が見当たらないわね。木も生えていないし、なんだか不思議な感じだわ」

ナンシーが指摘《してき》しました。

「でもほら、チョウチョが飛んでるよ。きれいだなあ」

ジェイクが草むらを飛び回る美しい緑色のチョウを指さしました。

「クローバーアイランドにはいろいろな種類の昆虫《こんちゅう》や動物が生息しているのよ。ただし、植物はシロツメクサしか生息していないの。変わってるでしょ」

ミラが言いました。

「じゃあ、この島の人たちは何を食べて生活しているんだろう。肉は手に入るかもしれないけど、シロツメクサだけだと、十分な野菜を食べることができないんじゃないのかな」

ディランがうで組みをしながら渋《しぶ》い表情《ひょうじょう》をしました。

「この島にはいろいろな種類のシロツメクサが生息していて、栄養価《えいようか》がすぐれたものがたくさん存在《そんざい》しているのよ。味だって、いろいろあって、上の世界のおいしい野菜に匹敵《ひってき》するようなものもたくさんあるの」

ミラがすらすらと解説《かいせつ》しました。

「あ、見て。あっちに建物がいくつか見える。ほら、人も歩いてるよ」

ぼくは前方に集まった複数《ふくすう》の建物と、そこを行き来する人々に視線《しせん》を向けました。

「あそこはフォーリーフ村よ。この島最大の商店街が展開《てんかい》されている場所で、島の人たちはたいていあそこで買い物を楽しんでいるのよ」

ミラが得意《とくい》げに言いました。

「まあ、楽しそう。わたし買い物大好きなの。いろいろなお店を見てみたいわ」

ステラがうれしそうな表情《ひょうじょう》を浮《う》かべました。

期待に胸《むね》をふくらませたぼくたちは、シロツメクサの大地をサクサクと音を立てながら進み、あっという間にフォーリーフ村の商店街に到着《とうちゃく》したのです。

「わあ、たくさんお店があるね。ミラ、ぼくたちここを自由に見て回っていいの？」

ジェイクがたずねました。

「私たちが立ちよる場所はあの建物よ。ほら、レストランのとなりのお店よ」

ミラが指さすほうを見ると、そこには屋根に煙突《えんとつ》のついた赤と白のしましま模様《もよう》の小さな店が見えました。

「あそこは何のお店なの？　見た目から判断《はんだん》すると雑貨屋《ざっかや》さんかな」

ぼくが首をかしげました。

「ふふ。すぐにわかるわ。さあ、行きましょ」

ミラに連れられて店の前までたどり着いたぼくたちは、店の看板《かんばん》を見て仰天《ぎょうてん》しました。

なぜならその看板には「魔法屋《まほうや》」と書かれていたからです。

ぼくたちが店の入り口に近づくと、扉《とびら》が自動的に左右にパタンと開きました。店内には黒いドレスを着たおばあさんがカウンターに座《すわ》り、ぼくたちに向かってあいさつしました。

「いらっしゃい。お客さん方。魔法屋《まほうや》へようこそ。あなたたちは村の住人ではないようだね。ひょっとしてマジックパークの来園者の方々かね」

「お久《ひさ》しぶりです、ライラックさん。ご推察《すいさつ》のとおり、マジックパークのお客さまを連れてきたわよ」

ミラは片手《かたて》をさっと広げて、ぼくたちをおばあさんに紹介《しょうかい》しました。

「こんな遠いところまでよく来てくれたね。さあ、メニューをご覧《らん》なさい」

ライラックさんはそう言うと、カウンターの上に置かれた商品一覧《いちらん》をぼくに手渡《てわた》しました。その一覧表《いちらんひょう》には3つの商品が掲載《けいさい》されていたのですが、価格はどこにも書かれていませんでした。

「『リンガ』、『スランバ』、『ヒーラ』、いったい何なのかしら。まったく意味がわからないわ」

商品名を読み上げたナンシーは不思議そうに肩《かた》をすくめました。

「説明させていただきますよ、お客さん方。ここは『魔法屋《まほうや》』と言って、魔法《まほう》の販売《はんばい》をしている店なのよ。商品をご購入《こうにゅう》いただいたら、その該当《がいとう》の魔法《まほう》をあなた方の誰《だれ》か一人に授《さず》けるわ。ただし、選べるのはここにある3つのうち1つだけ。だから慎重《しんちょう》に選んだほうがいいと思うわよ。まず『リンガ』の魔法《まほう》を覚えると、覚えたお客さまは昆虫《こんちゅう》をふくむ動物と会話することができるようになるわ。すてきな魔法《まほう》でしょ。次に『スランバ』の魔法《まほう》を覚えた場合、魔法《まほう》をかけた相手を短時間眠《ねむ》らせることができるようになるわ。そして『ヒーラ』の魔法《まほう》を覚えた方は、対象《たいしょう》の人物の体力を回復《かいふく》することができるようになるのよ。どれもすごく魅力的《みりょくてき》でしょ。あなたたちのこの先の冒険《ぼうけん》にどれもとても役に立つと思うから、じっくり相談して、どの魔法《まほう》を購入《こうにゅう》し、そして誰《だれ》がその魔法《まほう》を覚えるのかを決めてちょうだいね」

ライラックさんがぼくたちを見つめながら言いました。

「すごい！　魔法《まほう》が使えるようになるなんて夢《ゆめ》みたいだね。ねえ、みんなどれにする？」

ジェイクがはりきった様子でぼくたちにたずねました。

「ぼくは『ヒーラ』がいいと思うな。マジックパークの遊具を全部遊びきるには体力が肝《かん》心《じん》だと思うんだ。今までだって灰色《はいいろ》グマが現《あらわ》れたり、巨大《きょだい》ガエルが現《あらわ》れたりと危《あぶ》ない場面もたくさんあったわけだし」

ディランの言葉には熱がこめられていました。

「そうだ。ぼく、今思い出したけど、『至福《しふく》のブランコ』でトンネルに入ったとき、中に大きなてんとう虫がいたのにみんな気づいたかな。そのてんとう虫たちが列になって『助けて！』って文字を作ってぼくたちに見せた気がするんだけど、ぼく以外にも見た人いる？　ぼく、それがすごく気になっていて、もちろん『ヒーラ』の魔法《まほう》もすごく魅力的《みりょくてき》なんだけど、そのてんとう虫に事情《じじょう》をたずねたいんだ。だから、『リンガ』の魔法《まほう》を買うのはダメかな？」

ぼくは真剣《しんけん》な眼差《まなざ》しでみんなを見渡《みわた》しました。

「てんとう虫なんて気づかなかったな。でも、たしかにそのメッセージは気になるね。じゃあ、『リンガ』の魔法《まほう》を買おうよ。反対の人はいる？」

ディランがみんなにたずねました。

誰《だれ》も挙手をしないのを確認《かくにん》すると、ディランはライラックさんのほうに向き直って言いました。

「ライラックさん。『リンガ』を購入《こうにゅう》させてください。ところで、誰《だれ》がその魔法《まほう》を覚える？」

「わたしが覚えるわ。わたし、何度も言うけど、魔女《まじょ》の猫《ねこ》を見るためにマジックパークに来たのよ。もし、魔女《まじょ》の猫《ねこ》に出会ったとき、話ができたら最高だもの」

ステラが右手を高々と挙げました。

「わかりましたよ、お客さん。じゃあ、『リンガ』を販売《はんばい》いたしましょう。代金はこの袋《ふくろ》に入れてくださいな」

そう言うと、ライラックさんはきょとんとしたぼくたちに大きな緑色の布袋《ぬのぶくろ》を差し出したのです。

## 第21話　クローバーの里

クローバーアイランドに降《お》り立ったぼくたちは、島最大の商店街があるフォーリーフ村に立ちよりました。ミラに誘導《ゆうどう》されてぼくたちは『魔法屋《まほうや》』に入り、そこで動物との会話を可能《かのう》にする魔法《まほう》『リンガ』を購入《こうにゅう》することになったのです。

「ライラックさん、その袋《ふくろ》に代金を入れると言っても、商品一覧《いちらん》には価格《かかく》が書かれていなかったわ。いったいお値段《ねだん》はいくらになるんですか？」

ナンシーがていねいな口調でたずねました。

「ミラ、あんた、この子たちにマジックパークの経済《けいざい》の仕組みを説明していなかったのかい？　まったく困ったことだね」

ライラックさんがあきれた様子でミラを見つめました。

「私《わたし》の役割は『至福《しふく》のブランコ』の誘導《ゆうどう》とクローバーアイランドの案内なのよ、ライラックさん。それに、ゴールドフィンチ島の経済《けいざい》の仕組みは、キーシャがすでに説明済《ず》みだと思ってたの」

ミラが少しむっとした様子で言い返しました。

「やれやれ、仕方ないわね。私《わたし》から説明させていただくわ。あなたたちの住んでいる世界はきっとまだ貨幣経済《かへいけいざい》なんでしょうけど、ゴールドフィンチ島はいち早く貨幣経済《かへいけいざい》から脱却《だっきゃく》したのよ。私たちの経済《けいざい》の仕組みは幸福経済《けいざい》と言って、たとえば買い物をしたら代金として、『ハピネス値《ち》』で支払《しはら》うの。ハピネス値《ち》とは、他人からの感謝《かんしゃ》の値《あたい》のことよ。商品購入《こうにゅう》の際にハピネス値《ち》で支払って、もしも足りなければ、困《こま》っている人に親切にして感謝《かんしゃ》の値《あたい》をためて、改めてお店で購入《こうにゅう》する、という制度《せいど》になっているのよ。島の各店は、今私《わたし》があなたたちに差し出したような魔法《まほう》の風呂敷《ふろしき》を所有していて、お客さまがすでに保有《ほゆう》しているハピネス値《ち》の計測《けいそく》と、そして商品購入《こうにゅう》に必要なハピネス値《ち》をお客さまに提示《ていじ》するという役割《やくわり》を担《にな》っているの。もちろん、外の世界と同様に、ハピネス値《ち》が足りない状態《じょうたい》でも、先に商品を入手してあとからハピネス値《ち》をためて返済《へんさい》する、という分割払《ぶんかつばら》い方式もあるわ。でも、利息分だけハピネス値《ち》が多く必要になるから割高《わりだか》になってしまうの。だから、すでに保有《ほゆう》している予算内で買い物をするか、ハピネス値《ち》を十分にためてから買い物をするほうを私《わたし》はおすすめするわ」

そう言うと、ライラックさんはナンシーに風呂敷《ふろしき》をさっと差し出しました。ナンシーは納得《なっとく》した様子でうなずきながら、その風呂敷《ふろしき》を受け取ると、手のひらにのった袋《ふくろ》をじっと見つめながらつぶやきました。

「わたしたちがすでに保有《ほゆう》しているハピネス値《ち》ってどれくらいなのかしら。そして、『リンガ』を買うにはどれくらいの値《あたい》が必要なのかしら」

すると、緑色の風呂敷《ふろしき》がナンシーの両手のひらでカサカサと音を立て、声を発したのです。

「お問合わせいただきありがとうございます、お客さま。お客さま方が現在保有《げんざいほゆう》しているハピネス値《ち》は1000ハピネスとなっております。『リンガ』の魔法《まほう》は2000ハピネスで販売《はんばい》されていますので、あと1000ハピネスをおためいただいたのち、再度魔法屋《さいどまほうや》へご来店ください」

「まあ、あなたたちいつの間に1000ハピネスもためたの。おどろいたわ。あなたたちマジックパークに来て間もないから、まだ1ハピネスも保有《ほゆう》していないと思っていたのに」

ミラがおどろいた様子で目を大きく開きました。

「私《わたし》も正直びっくりしましたよ。あなたたち、マジックパークに来園してからここに来るまでに、人に大きく感謝《かんしゃ》されるようなことをしたのね。1000ハピネスと言ったら、とても大きな値《あたい》ですよ」

ライラックさんが感心した様子で何度もうなずきました。

「ひょっとしたら、ぼくたちドノバンさんの万年咳《まんねんぜき》の治療薬《ちりょうやく》の材料を探《さが》すのを手伝ったから、ドノバンさんの家族のみんなや、医者のテイラー先生に感謝《かんしゃ》されたのかもね」

ぼくが推測《すいそく》しました。

「でも、いずれにしても今の値《あたい》じゃ、まだ『リンガ』は買えないね。どうしたらいいのかな」

ジェイクがうで組みをしながら困《こま》った表情《ひょうじょう》を浮《う》かべました。

「外に出て困《こま》っている人たちを見つけて親切にしてあげなさい。その風呂敷《ふろしき》を持って行けば、感謝《かんしゃ》を受けるたびに取得《しゅとく》したハピネス値《ち》を教えてくれるわよ。合計値《ち》が２０００を超《こ》えたらここにもどってきなさい。そうしたらステラに『リンガ』の魔法《まほう》を授《さず》けてあげるわ」

ライラックさんがおだやかな口調で言いました。

「人に感謝《かんしゃ》されるとハピネス値《ち》がたまって買い物ができるなんて、すばらしい世界だね。なんだかすごくやる気が出てきたぞ」

ディランが右手で力こぶしを作りました。

「ふふ、そうね。私はここの世界にすごく満足しているわ。ただし、一つだけ警告《けいこく》をしておくけど、困《こま》っている人を助けてあげたからといって、それによって別の人が大きく不幸になるような場合、ハピネス値《ち》はたまらないし、それどころかハピネス値《ち》は不当に人を不幸にすると減少《げんしょう》するから気をつけなさいね」

ライラックさんがぼくたちをぐるりと見回しました。

「わかったわ、ライラックさん。ためになるアドバイスをありがとう。ねえ、みんな、早くハピネス値《ち》をためてここにもどってきましょ。わたし、動物と話せるようになるのがすごく楽しみだわ」

ステラがにっこりとした笑顔で言いました。

動物との会話を可能《かのう》にする魔法《まほう》『リンガ』の代金が2000ハピネスであることを知ったぼくたちは、不足額《がく》の1000ハピネスを獲得《かくとく》するため魔法屋《まほうや》をあとにし、フォーリーフ村で困《こま》っている人たちを捜《さが》すことにしました。村最大の商店街の中心に立ったぼくたちの周囲《しゅうい》は活気にあふれ、さまざまな店で買い物を楽しむ客の姿《すがた》が目に映《うつ》ったのです。

「困《こま》っていそうな人を捜《さが》すって、意外とたいへんだね。みんな買い物を楽しんでいる感じだし、ハピネス値《ち》をためるのは一筋縄《ひとすじなわ》ではいかないかもね」

ジェイクが行《ゆ》き交《か》う人々をながめながらつぶやきました。

「ねえ、どこかのお店に寄《よ》ってみない？　お店の中って情報収集《じょうほうしゅうしゅう》がしやすいと思うの」

ナンシーが提案《ていあん》しました。

「賛成！　ぼく少しおなかがすいてきたからレストランに入りたいな」

ぼくは右手でおなかを押《お》さえました。

「レストランなら、あそこに2軒並《けんなら》んでいるのが見えるね。近くまで行ってみよう」

ディランがぼくたちの前方100メートル先くらいに位置した2軒《けん》の料理店を指さして言いました。

足早に2軒《けん》のレストランが建《た》ち並《なら》ぶ場所まで移動《いどう》したぼくたちは、まず両方の店の看板《かんばん》に注目しました。手前の料理店は『クローバーの里』という店で、どうやらクローバーアイランドの郷土《きょうど》料理店のようでした。そのとなりに位置する店は『パンの実畑グリル』という店名で、店の入り口に貼《は》り出されたメニューから判断《はんだん》すると、肉・魚・野菜を中心とするさまざまな料理を扱《あつか》うレストランのように思えました。そして、それぞれの店の前には7、8名ほどの客が列に並《なら》んでいたのです。

「どちらも行列ができてるわね。きっと人気店なんだわ。ねえ、どっちに入る？」

ステラが目を輝《かがや》かせながらたずねました。

「せっかくクローバーアイランドに来たんだから、ぼくは郷土《きょうど》料理店がいいと思うな。どんな料理なのかすごく気になるしね」

「どちらもすごく魅力的《みりょくてき》だけど、ルークの言うとおりね。せっかくこの島に来たんだから、ここでしか食べられない料理を経験《けいけん》してみたいもの」

ナンシーが同調するようにうなずきました。

「じゃあ、『クローバーの里』の列に並《なら》ぼう。ああ、おなかがすいてきた」

ジェイクが空腹《くうふく》でつらそうな声を出しました。

ぼくたちの列の前には7人がすでに並《なら》んでいて、外に出てきた店員さんにグループの人数をたずねられていました。

「3名さまのグループと4名さまのグループですね。お客さまは何名さまでご来店でしょうか?」

前のグループの人数確認《かくにん》を終えた女性《じょせい》店員が、ぼくたちのグループの先頭にいたぼくにたずねました。

「5人です」

「みなさまごいっしょのグループということですね。了解《りょうかい》いたしました。ご案内いたしますので、もうしばらくお待ちください。先頭の3名さま、店内にどうぞ」

黒い蝶《ちょう》ネクタイをつけた制服《せいふく》の女性《じょせい》店員はそう言うと、先頭のグループにいた3人組を店内に案内し始めました。それに伴《ともな》い、ぼくたちの目の前に並《なら》んでいた4人組が入り口の前まで前進しました。

「食事のあとはいよいよ本番だね。今年はうまくいくといいね」

小さな男の子が父親と思われる人物と会話している声が聞こえてきました。

「そうだね。優勝《ゆうしょう》すれば『ボタニケア』の魔法《まほう》を授《さず》かれるんだ。私《わたし》は仕事に追われてばかりで、お前たちと遊んでやれる時間がほとんど取れないのが現状《げんじょう》だが、もし優勝《ゆうしょう》したらいっぱいお前たちと遊んであげるからね」

前のグループの男性《だんせい》が2人の子どもに向かって言いました。

「そうなったら、わたし本当にうれしいわ。パパやママとお出かけできることなんてめったになかったもの」

男性《だんせい》の娘と思われる子どもが笑顔で男性《だんせい》を見つめました。

「出品できるものは1作品だけよ。店内で食事をしながらよくよく話し合いましょ」

男性《だんせい》の妻《つま》と思われる人物が言いました。

「あの、何かお困《こま》りのことがあるんですか。もし、よかったら、わたしたちにお話しいただけないでしょうか？　わたしたち、『リンガ』の魔法《まほう》を入手するために、ハピネス値《ち》をためたいんです」

ナンシーが前のグループの人たちに話しかけました。

すると、男性《だんせい》がぼくたちのほうを振《ふ》り返って答えたのです。

「大きな声で話していたから全部聞こえてしまったようだね。もしよろしければみなさん、私《わたし》たちの家族といっしょに食事をしませんか。アイデアに行きづまっていたので、参考にできるようなお知恵《ちえ》を拝借《はいしゃく》できれば、とても助かります」

すると、店内から先ほどと同じ女性《じょせい》店員が現《あらわ》れ、よく通る声で言いました。

「お待たせいたしました。４名さままでお待ちのお客さま。そして5名でお待ちのお客さま、それぞれご案内いたします」

「店員さん。私《わたし》たちは後ろのグループの方たちといっしょに食事をすることにしたのですが、９人で座《すわ》れるようなテーブルは空いていますか？」

男性《だんせい》がたずねました。

「さようでしたか。じつは偶然《ぐうぜん》、となり同士《どうし》のテーブルが空いたので、２つのテーブルを横にくっつける形であれば、ごいっしょにお食事をお楽しみいただけますわ。どうぞお入りください」

女性《じょせい》店員に案内されたぼくたちは、『クローバーの里』の店内に入り、一番奥《おく》の窓《まど》側の席《せき》に案内されました。そして、席に着いたぼくたちはまず、お互《たが》いに自己紹介をしたのです。男性《だんせい》の名前はコルトン・バートンさんといって、フォーリーフ村で妻《つま》のアイヴィーさんとともにクローバーの農園を経営《けいえい》しているとのことでした。そして、彼《かれ》らの息子《むすこ》のランドンと娘《むすめ》のレミはぼくたちと同じ小学生で、村の小学校に通っていたのです。

「話を始める前に料理の注文をしてしまいましょう。さあ、メニューを見て」

コルトンさんがぼくたちにメニューを差し出しました。

「いろいろあるけど、どれにしたらいいかわからないわ。コルトンさん、おすすめの料理を注文していただけますか？」

ナンシーが言いました。

すると、ぼくたちのテーブルの前に、ぼくたちを店内に導《みちび》いてくれたウェイトレスさんがやって来ました。

「本日はご来店いただきありがとうございます。私《わたくし》、みなさまの給仕を務《つと》めさせていただくオリビアと申します。ご注文はよろしいでしょうか」

「では、みなさんの分も私《わたし》が注文させていただきましょう。クローバーピザの特大サイズをお願いします」

「承知《しょうち》いたしました。本日、クローバーポテトのポタージュが通常の半額《はんがく》にておつけできますが、いかがなさいますか？」

「では9名分お願いします。そうだ、アップルクローバージュースも人数分お願いします」

「ありがとうございます。それでは、ご用意いたしますので、しばらくお待ちください」

オリビアは一礼すると伝票《でんぴょう》を持ってそのまま奥《おく》の厨房《ちゅうぼう》のほうへ移動《いどう》していきました。

「パパ、ありがとう。この店の名物はやっぱりクローバーピザよね。久《ひさ》しぶりだし、すごく楽しみだわ」

レミがうれしそうな笑顔を浮《う》かべました。

「コルトンさん、食事のあと、何かがあるんですか？　もしよろしければ、ぼくたちにお話しいただけませんか。何かお手伝いできることがあれば、ぜひ協力したいと思います」

ディランが前のめりになってたずねました。

「ありがとう。では、お話しさせていただきましょう」

コルトンさんが話を始めようとしたちょうどそのとき、オリビアをふくめた3人の給仕係が湯気がもうもうと立ち昇《のぼ》る見たこともないくらい大きなピザを、それを十分にのせられる大きなお皿にのせて、ぼくたちのところまで運んで来たのです。

# 第22話　ペガサス便

情報収集《じょうほうしゅうしゅう》と空腹《くうふく》を満たすため、レストラン『クローバーの里』に入店したぼくたちは、列の前に並んでいたコルトンさんたちといっしょに食事をとることになりました。注文を済《す》ませ、いざコルトンさん一家の悩《なや》みを聞くべくぼくたちが意識《いしき》を傾《かたむ》けたちょうどそのとき、給仕係たちは3人がかりでぼくたちの元に巨大《きょだい》なピザを運んで来たのです。

「お待たせいたしました。クローバーピザの特大サイズになります。お好みでクローバーペッパーやクローバートウガラシソースをご使用ください。スープとジュースもごいっしょに置かせていただきます」

オリビアはそう言うと、ほかの2人の給仕係とともに2つくっつけたテーブルの半分を占《し》めるほど大きなピザののった皿を2つのテーブルの真ん中に置きました。そしてぼくたち一人一人の席にクローバーポテトのポタージュとアップルクローバージュース、そしてピザの取り皿を手際《てぎわ》よく置いていきました。あつあつの巨大《きょだい》ピザからは蒸気《じょうき》が立ち昇《のぼ》り、とてもおいしそうな香りが漂《ただよ》ってきたのです。

「それではごゆっくりとお食事をお楽しみください」

オリビアは仲間の給仕係とともに一礼すると、店内の奥《おく》にもどっていきました。

「さあみなさん、熱いうちに召《め》し上がれ。おなかが少し落ち着いたら話を始めさせていただきますわ」

アイヴィーさんが言いました。

コルトンさんは席《せき》を立ち上がると器用にピザカッターで巨大《きょだい》なピザを切り分け、ぼくたちの皿にのせてくれました。

「わあ。おいしそう！　ボリュームも満点だね。こんなに食べきれるかなあ」

ぼくはそう言うと、チーズと鶏肉《とりにく》、そしてクローバー野菜たっぷりのピザを一口食べてみました。

具材の組み合わせが完璧《かんぺき》ともいえるピザを口に入れたぼくは、そのおいしさに言葉を失うとともに、幸せな気分でいっぱいになり、まるで踊《おど》り出したい気分に襲《おそ》われたのです。

「なんて、おいしいのかしら。お野菜が信じられないくらい味わい深いわ」

ステラが感激《かんげき》した様子で両手を組み合わせました。

「クローバーアイランドの土では、上の世界の植物はクローバー以外育たないので、品種改良がさかんに行われているんだ。その結果、クローバーの亜種《あしゅ》の野菜や果物がたくさん誕生《たんじょう》し、豊《ゆた》かな食文化が楽しまれているというわけなんだ」

コルトンさんが喜びの笑顔を浮《う》かべるぼくたちを満足そうに見つめながら説明しました。

「ルーク、このポタージュも飲んでみて！　これ、ぼくの人生の中で一番おいしいスープかも！」

ジェイクが興奮《こうふん》した様子でスープの容器《ようき》を指さしました。

「アップルクローバージュースもすっきりしてすごくおいしいわ。おいしさを表現する言葉って、わたしには『おいしい』しか思いつけないけど、なんだかくやしいわ。この味をもっと言葉で表現《ひょうげん》できたらいいのに」

ナンシーがくやしそうな、そして哲学的《てつがくてき》ともいえる表情《ひょうじょう》を浮《う》かべました。

「みなさん、おなかのほうはだいぶ落ち着きましたか。そろそろ本題に入らせていただきますね。先ほど少しお話ししたとおり、私《わたし》は妻《つま》のアイヴィーとクローバーの農園を経営《けいえい》しているんです。この島には同業種を営《いとな》んでいる方々がほかにもたくさんいるのですが、とにかく私《わたし》たちの農園は忙《いそが》しく、子どもたちとふれ合う時間が少ないことが悩《なや》みだったんです。私《わたし》たちの島では年に1度、品種改良クローバーの品評会《ひんぴょうかい》があり、各農園が自分たちの品種改良技術《ぎじゅつ》を披露《ひろう》することになっているんです。品評会《ひんぴょうかい》は花、野菜、果物の3部門から構成《こうせい》されていて、各農園はどれか1つの部門を選択《せんたく》して申しこむことになっています。私たちの農園は毎年この品評会《ひんぴょうかい》に参加しているのですが、どの部門で出品しても優勝《ゆうしょう》した経験《けいけん》はありません。品種改良には上の世界の植物を入手して試みる必要があるのですが、優勝《ゆうしょう》できるほどの材料を思いついたり入手したりするのは実際《じっさい》とても困難《こんなん》なんです。出品の仕方は品種改良済《ず》みクローバーの種を持っていくだけです。審査員団《しんさいんだん》が『グロウス・イミッジ』の魔法《まほう》を用いて、その植物がどのように成長するかのホログラムを観察し、投票にて優勝者《ゆうしょうしゃ》を決定するのです。今年の優勝賞品《ゆうしょうしょうひん》は『ボタニケア』という魔法《まほう》で、もしそれが手に入れば農場での水やりや雑草《ざっそう》の駆除《くじょ》をふくむ作業が不要になり、農園の労働量の半分近くが削減《さくげん》されることになるのです。そうすれば、私《わたし》たちは子どもたちとふれ合う時間も増え、ランドンやレミを遊びや旅行に連れていくことも可能《かのう》になるでしょう。みなさんにご相談したいのは、私《わたし》たちがどの部門から出品し、そして上の世界のどんな植物を利用すればよいのかについて、何か助言をいただければ非常《ひじょう》にありがたいです」

　コルトンさんが懇願《こんがん》するような表情《ひょうじょう》でぼくたちを見まわしました。

「すごく専門的《せんもんてき》で難《むずか》しい案件《あんけん》だね。植物の品種改良のことなんてぼくには全然わからないけど、なんとかいいアイデアを思いつきたいなあ」

　ディランがこぶしであごをポンポンたたきながら言いました。

「出品作品が花なら見た目や色、そして香り、野菜や果物なら味が大事だものね。う〜ん、どれにしたらいいのかしら」

　ナンシーが宙《ちゅう》を見上げながら思案しました。

「ちなみに去年は、上の世界からイチゴの種を仕入れて品種改良した種を出品したんだけど、惜しくも優勝《ゆうしょう》を逃《のが》してしまったの。ね、パパ」

　レミがコルトンさんを見つめました。

「そうだったね。去年のイチゴクローバーは自信作で、絶対優勝《ぜったいゆうしょう》できると思ったんだけど、結局マンゴークローバーを出品したライアンさんの農場が優勝《ゆうしょう》したんだ。実際《じっさい》、どの農家も非常《ひじょう》にレベルが高いから、優勝《ゆうしょう》するのはかなり困難《こんなん》なのが現実《げんじつ》なんだ」

コルトンさんが顔をしかめました。

「でも何とかしてあげたいなあ。う〜ん、いい考えは何かないかなあ」

ジェイクが首をひねりました。

「今から上の世界にもどって何かを買ってくるのもすごくたいへんだもんな。身近に入手できるものがあればいいけど、そんなものないしなあ。マジックパークに持ちこめる3つの道具で、野菜や果物の種なんて思いもつかなかったしね」

困《こま》り果てたぼくが言いました。

「ルーク、今あなたいいこと言ったわ。身近で入手できるものを使って出品すればいいのよ。ふふ、わたし、すごくいいこと思いついたわ。はっきり言って優勝《ゆうしょう》できちゃうかもよ」

ステラが満面の笑みを浮《う》かべました。

「ステラ、どういうこと？　身近と言ってもこの島にはクローバーしか育っていないんだよ。どんないい考えを思いついたの？」

ぼくが身を乗り出して聞きました。

「コルトンさん。食事が終わったらお会計を済《す》ませて、わたしたちについてきて。きっと満足してもらえると思うわ」

ステラの表情《ひょうじょう》は自信にあふれていました。

「それは楽しみだわ。少し期待を持ってもいいのかしら」

アイヴィーさんがほほ笑みました。

ぼくはステラの自信の根拠《こんきょ》がまったくわからず、本当にコルトンさんたちに期待を持たせてしまっていいのか半信半疑《はんしんはんぎ》でしたが、十分に食事と飲み物を楽しんだぼくたちは、そのあとあわてずデザートにクローバーアイスクリームを注文し、クローバー郷土《きょうど》料理を思いきり楽しみました。そしてそのあと、ぼくたちの分のお会計50ハピネスの支払《しはら》いを済ませると、自信満々のステラに導《みちび》かれレストランの外に出たのです。

「ステラ、どこに向かって歩いてるの？　もう少し歩く速度を落とそうよ」

ぼくは息をぜいぜいさせながら呼吸《こきゅう》を整えました。

「すぐ着くんだからがまんしてついてきなさい。善《ぜん》は急げって言うでしょ」

ステラが声をはずませて言いました。

「ねえ、ステラ。この方向って、わたしたちが島に上陸した場所のほうね。まさか、『至《し》福《ふく》のブランコ』で上の世界にもどろうとしてるんじゃないでしょうね？」

ナンシーがたずねました。

「今から上の世界にもどろうなんて考えてないわ。そんなことしたら、品評会《ひんぴょうかい》が終わってしまうもの」

ステラは速度を落とすような様子も見せずに、早足で歩き続けました。

「あっ、『至福《しふく》のブランコ』が見えてきた。ほら、あそこ」

ジェイクが前方を指さしました。

そしてぼくたちはあっという間にクローバーアイランドに上陸した地点までもどってきたのです。

「さあ、着いたわ。ちょっと待ってて」

ステラはそう言うと『至福《しふく》のブランコ』に飛び乗り、花びらの中央までたどり着くと、人差し指で真下を指さしました。

「見て。みんなここに巨大《きょだい》ヒマワリの種がびっしりあるのに気づいてた？　こんな大きな種を使って品種改良すれば、見事な花を咲《さ》かせるクローバーができ上がるはずよ。ディラン、あなた力持ちだから、ここから種を一本引き抜《ぬ》いてちょうだい」

「ステラ、すばらしいアイデアだね。上の世界のどんな植物も、『至福《しふく》のブランコ』のヒマワリほど大きくて見事な花は存在《そんざい》しないもんね」

ディランはそう言うと『至福《しふく》のブランコ』に飛び乗り、花の中心近くまで移動《いどう》すると思いきり力をこめて大きな種を一本引き抜《ぬ》きました。

「ふう。それにしても何て大きな種なんだろう。これを運ぶのはなかなかたいへんだね。ルーク、ジェイク、運ぶのを手伝ってくれるかい」

「もちろんだよ。さすが君は力持ちだね、ディラン。さあ、いっしょに運ぼう」

ディランの力に感心したぼくは、ジェイクとともに『至福《しふく》のブランコ』に飛び乗り、ディランがヒマワリの種を運ぶのを手伝いました。

「私《わたし》は上の世界の植物にもすごくくわしいが、こんなに大きいヒマワリは初めて見たよ。この種を改良して花部門から出品すれば、間違《まちが》いなく優勝《ゆうしょう》できるだろうね」

コルトンさんがうれしそうな表情《ひょうじょう》を浮《う》かべました。

「こんな大きな種を私《わたし》たちの農園まで運ぶのはすごくたいへんだわ。ねえあなた、ペガサス便を呼びましょ」

アイヴィーさんが提案《ていあん》しました。

「それはいい考えだ。早く農園に帰って、品種改良に取り組まないといけないからね」

コルトンさんはそう言うと、ポケットの中から無線機のような物を取り出し、黄色いボタンを押《お》しました。

「ペガサス便は速いからきっとすぐ来るわよ。乗るの久《ひさ》しぶりだわ」

レミがにっこりほほ笑みました。

「ペガサス便て何？　タクシーみたいなものかしら」

ステラがたずねました。

「うん、上の世界のタクシーみたいなものだよ。ほら、上を見てごらん。もう来たよ」

ランドンが前方の空を指さしました。

ぼくたちが空を見上げると、前方からは白や薄紫《うすむらさき》、水色をモチーフとしたキラキラと輝《かがや》くおとぎの国の馬車のような乗り物が、頭に鋭《するど》い角が1本生えた馬のような動物に引かれてぼくたちに近づいてくるのが見えました。ぼくが幼《おさな》いころ絵本で見た知識《ちしき》から判断《はんだん》すると、それは間違《まちが》いなくペガサスでした。ペガサスは大きな2本の翼《つばさ》をダイナミックに羽ばたかせながら空中をすいすいと前進し、少しずつ下降《かこう》を始めると、あっという間にぼくたちの目の前に降《お》り立ちました。

「さあ、みなさん、乗ってください」

コルトンさんの言葉に甘《あま》えて、ぼくたちは1人ずつ広々としたペガサス便に乗り、やわらかな座席《ざせき》に腰《こし》を下ろしました。

「まあ、ふかふかの座席《ざせき》ね。しかもすごく広々としていて、なんだかわたし、お姫《ひめ》さまになったみたい」

ナンシーがうっとりとした表情《ひょうじょう》を浮《う》かべました。

「みなさん、ペガサス便は空を飛んで移動《いどう》するので、必ずシートベルトを着用してくださいね。さあ、ペガサス、私《わたし》たちをバートン農園に連れていってちょうだい」

アイヴィーさんが言いました。

すると、ペガサスは、両前足のひざをわずかに曲げて了解《りょうかい》の合図をすると、2本の大きな翼《つばさ》を広げて力強く羽ばたき、ぼくたちの乗ったきらびやかな馬車のような乗り物とともに空中に浮《う》かび、風を切るように勢《いきお》いよく前進し始めたのです。

「島全体が見渡《みわた》せるね。いいながめだなあ」

ジェイクがほのぼのとした表情《ひょうじょう》で外の風景をながめました。

「この島には2つ村があるのよ。南側はフォーリーフ村、そして北側はルピナス村と言うの。バートン農園はフォーリーフ村にあるんだけど、位置的にはルピナス村との境界線《きょうかいせん》上に立地しているのよ」

レミが風に髪《かみ》をなびかせながら島の地形を説明しました。

「ほら、もうぼくたちの家が見えてきた。あそこだよ」

ランドンが指さす方向を見ると、下方には大きな農園が広がり、南側には1軒《けん》の屋敷《やしき》、そしてその脇《わき》には納屋《なや》が建っていました。

「わあ、大きな農園ね。きっとここでいろいろな種類のクローバーが栽培《さいばい》されているんでしょうね」

ナンシーは眼下《がんか》に広がる菜園の風景に感嘆《かんたん》しているようでした。

「私《わたし》たちの農園は、フォーリーフ村やルピナス村に多くのクローバー野菜やクローバー果実を供給《きょうきゅう》しているんだ。もちろん、観賞《かんしょう》用の花も栽培《さいばい》しているけどね。私《わたし》たちの仕事は村の人たちの生活を支《ささ》えるうえで、とてもたいせつなものなんだ。だから、どうしても忙《いそが》しい日々が続いてしまうけれど、村の人たちのためにがんばっているのさ」

コルトンさんの言葉には力がこもっていました。

真下に農園が見える位置までやって来ると、ペガサスは徐々《じょじょ》に下降《かこう》し、コルトンさんの屋敷《やしき》の前にふわっと着地しました。ぼくたち全員がペガサス便から下車すると、コルトンさんはぼくたちの分もふくめた支払《しはら》いを済《す》ませ、ぼくたちのほうを振《ふ》り向いて言いました。

「バートン農園へようこそ。私《わたし》たちの屋敷《やしき》の中には品種改良用の実験室があるんです。どうぞお入りください」

バートンさんの言葉をよそに、ペガサス便が飛び去る姿《すがた》にくぎづけだったぼくは、はっと我《われ》に返り、ジェイクやディランとともに大きなヒマワリの種を持ち上げ、すでに屋敷《やしき》の中に足を踏《ふ》み入れようとしていたナンシーとステラに遅《おく》れまいと、いそいそと屋敷《やしき》の中に移動《いどう》していったのです。

# 第23話　ブリリアント・クローバー

『至福《しふく》のブランコ』の内部から大きなヒマワリの種を引き抜《ぬ》き、品種改良に用いるというステラの発想を実行に移《うつ》したぼくたちは、そのあとペガサス便を利用してコルトン・バートンさんの経営《けいえい》するバートン農園に移動《いどう》しました。

屋敷《やしき》の中に入ったぼくたちは居間《いま》に案内され、大きなテーブルの両側面に置かれたふかふかのソファーに腰《こし》を掛《か》けたのです。

「みなさん、我《わ》が家《や》にようこそ。実験室に行く前に、せっかくですからこの島の特産品、クローバーコーヒーを召《め》し上がってください。少し休んだら実験室に移動《いどう》しましょう」

コルトンさんはそう言うと、台所にいたアイヴィーさんのほうを見てわずかに首を縦《たて》に振《ふ》りました。すると、アイヴィーさんはにっこりとして、トレイにのせたクローバーコーヒーをテーブルまで運んできてくれたのです。

「このクローバーコーヒーはうちの農園で収穫《しゅうかく》した豆を挽《ひ》いて作ったものよ。さあ、召《め》し上がれ」

アイヴィーさんはトレイをテーブルの端《はし》に置くと、一人一人の前にコースターを敷《し》き、コーヒーカップを順々に手際《てぎわ》よく置いていきました。

「このコーヒーはカフェインがほんの少ししかふくまれていないから、子どものぼくたちでも飲めるんだ。まあ、ぼくたちはミルクをたっぷり入れるから、コーヒーと言うよりもコーヒー牛乳《ぎゅうにゅう》と言ったほうが正確《せいかく》かもしれないけどね」

ランドンの言うとおり、コルトンさんとアイヴィーさんのコーヒーは濃厚《のうこう》なブラックコーヒーであるのに対し、ぼくたちのカップにはミルクが多めに入っているのがわかりました。

「わあ、いい香りだな。では、いただきます」

ぼくはコーヒーカップを手に取り、豊《ゆた》かな香りのするクローバーコーヒーを一口飲んでみました。わずかに酸味《さんみ》の効《き》いたその味は、子どものぼくでもとても上質《じょうしつ》のコーヒーであることがすぐにわかったのです。

「わあ、おいしい。少し花のような香りがしますね。飲むとすごく落ち着いた気分になります」

完全にリラックスしたぼくが感想を述《の》べました。

「よく気がついたね、クローバーコーヒーはフローラルと言って、リラックス効果のある花の香りが特徴的《とくちょうてき》なんだ。これも品種改良を重ねた結果生み出した、バートン農園の自信作なんだよ」

コルトンさんが誇《ほこ》らしげに言いました。

「本当にすばらしいコーヒーですね。ところでコルトンさん、空の世界にもテレビがあるのね。わたし、少し興味《きょうみ》があるわ」

ナンシーが部屋の奥《おく》に設置《せっち》されたテレビ画面を指さしました。

「コーヒーを飲みながら少し見てみるかい。きっと上の世界のテレビとは内容《ないよう》が違《ちが》うだろうからね」

コルトンさんはそう言うと、テーブルの上に置かれていたテレビのリモコンを手に取り、電源《でんげん》ボタンを押《お》しました。

すると、おどろいたことに、画面に映《うつ》っていたのは何とマイクを手に持ったＬＢＣの報《ほう》道担当《どうたんとう》、ナタリー・フィールドだったのです。

「マジックパークより中継《ちゅうけい》いたします。私《わたくし》ナタリー・フィールドは現在《げんざい》ゴールドフィンチ島に新設《しんせつ》されたマジックパークの東側に位置する『空の滝《たき》』の目の前にいます。ナンシー・リーフの描《か》いた絵をテーマとした乗り物『至福《しふく》のブランコ』に乗ったルークたち５人は、空を駆《か》け巡《めぐ》ったあと、再《ふたた》びここ『空の滝《たき》』にもどってきたかと思いきや、滝《たき》の水面の中に乗り物ごと姿《すがた》を消してしまったのです。果たして彼《かれ》らは再《ふたた》びここにもどってくるのでしょうか。彼《かれ》らの無事を祈《いの》るばかりです」

「ルークたちって、あなたたちのことじゃない？　すごい、あなたたち有名人なのね」

レミが目を輝《かがや》かせてぼくたちを見つめました。

「ＬＢＣの番組がここでも見られるのね。きっとマジックパークの特集だからだわ」

ステラが言いました。

「ＬＢＣのマジックパーク特集はこの島でも話題の種になっているよ。そう言えば、君たちの顔はどこかで見たことがあると思ったけど、あの選ばれた5人だっただなんて全然気がつかなかったよ」

ランドンの声はおどろきに満ちていました。

「ぼくたち滝《たき》の下にもぐりこんじゃったから、きっとナタリーやキーシャたちは心配しているのかもね。なるべく早くもどって無事であることを伝えたいなあ」

ジェイクがそわそわした様子の表情《ひょうじょう》を浮《う》かべました。

「そうね。でもまずは品評会《ひんぴょうかい》のことに集中しましょ。コルトンさん、この島独自《どくじ》の番組も少し見てもいいかしら」

ナンシーがたずねました。

「もちろんだとも。ほら、これがＳＣＢという地元放送局の番組だよ」

コルトンさんはそう言うと、リモコンのボタンを押《お》しました。

「クローバーアイランドのみなさん、今日が何の日かご存じですか？　そう、今日は島で年に一度行われる品評会《ひんぴょうかい》の日ですよ。今年の開催地《かいさいち》は北部ルピナス村のトリフォリウム植物園となっております。受付は2時間後に開始となりますので、参加予定の農場主様は時間に余裕《よゆう》をもってお越《こ》しください」

「今日の品評会《ひんぴょうかい》のことを報道《ほうどう》しているね。2時間後って、もうあまり時間がないんじゃないのかな」

ディランが不安そうに言いました。

「少しゆっくりし過《す》ぎたかもしれないね。ではみなさん、ヒマワリの種を持って実験室に移動《いどう》しましょう。こちらです」

コルトンさんはテレビの電源《でんげん》を切ると、腰《こし》かけていたソファーから立ち上がり、ぼくたちを別室へと案内しました。実験室は階段《かいだん》を上がってすぐ手前にあり、部屋の中に入ったぼくたちはコルトンさんの指示《しじ》に従《したが》い、大きなヒマワリの種を実験台の上に置いたのです。

「妻《つま》にたのんで、ヒマワリと最も相性のよさそうなクローバーの種を先に部屋に運んでおいてもらったんだ。これはブルークローバーといって、とてもきれいな青色の花を咲《さ》かせるんだ。これと君たちが提供《ていきょう》してくれたヒマワリの種をかけ合わせれば、きっとすばらしい花を咲《さ》かせる新種クローバーが完成するはずだよ」

コルトンさんは台の上に置かれたブルークローバーの種と『至福《しふく》のブランコ』のヒマワリの種をとなり合わせに置くと、両手のひらをかざし、大声でさけびました。

「ブリードウ！」

するると、手のひらから放たれた光が2種類の種に当たり、徐々《じょじょ》に互《たが》いの距離《きょり》をちぢめると、小さなブルークローバーの種が大きなヒマワリの種の中に吸収《きゅうしゅう》されて同化し、1個《こ》の青みがかった大きな種になったのです。

「わあ、すごい！　種の色が青くなったわ。いったいどんな花が咲《さ》くのかしら。品評会《ひんぴょうかい》がすごく楽しみだわ」

ナンシーの目は好奇心《こうきしん》にあふれていました。

「さあ、完成したよ。この新種クローバーに名前をつけて、トリフォリウム植物園で受付する際《さい》、登録が必要なのだが、誰《だれ》かいい名前を考えつける人はいますか？」

コルトンさんがぼくたちを見回しながらたずねました。

「ブリリアント・クローバーっていう名前はどうかしら？　上品ですてきな名前だと思わない？」

右手で挙手をしたステラが提案《ていあん》しました。

「すばらしい名前だね。それ、ぼくすごく気に入ったよ。審査員《しんさいん》の方々も絶対《ぜったい》気に入ってくれると思う」

ぼくが身を乗り出して賛成《さんせい》しました。

「みんなとても満足そうな表情《ひょうじょう》をしているね。私《わたし》もすごく気に入ったよ。では、新種の名前はブリリアント・クローバーだ。これを持ってルピナス村に移動《いどう》しよう」

コルトンさんの屋敷内《やしきない》にある実験室で新種クローバー「ブリリアント・クローバー」を完成させたぼくたちは、バートン農園が誇《ほこ》る真っ赤な大型《おおがた》トラクターに乗ってルピナス村のトリフォリウム植物園に向けて出発しました。トラクターのゆっくりとした動きとぼくたちに当たるさわやかな風、そして辺りののどかな風景にぼくの心はすっかりと癒《いや》され、この時間がいつまでも続いてほしいと感じたのです。

そして30分ほどが経過《けいか》したとき、ついにぼくたちの視界《しかい》に植物園らしき施設《しせつ》の看板《かんばん》が映《うつ》りました。

「『トリフォリウム植物園』て書いてある。いよいよ到着《とうちゃく》したんだね」

ジェイクが大きく目立った看板《かんばん》を指さしました。

「うん。もう少しで到着《とうちゃく》だ。ほら、駐車場《ちゅうしゃじょう》が見えてきたよ」

コルトンさんはトラクターのギアを下げ、駐車場内《ちゅうしゃじょうない》に進入しました。

駐車場《ちゅうしゃじょう》には、すでに各方面からの農場主が駐車《ちゅうしゃ》したと思われるさまざまな色のトラクターが止まっていて、ぼくはそれを見ているだけでも、まるでモーターショーに来たかのような楽しい気分になりました。コルトンさんは空いているスペースに器用にトラクターを止めると、ぼくたちのほうを振《ふ》り向いて言いました。

「さあみなさん、到着《とうちゃく》しましたよ。トラクターを降《お》りて受付に向かいましょう」

ぼくたちは次々にトラクターから降《お》りると、バートン一家を先頭に受付のあるテントまで移動《いどう》していきました。受付場所は花、野菜、果物の部門別に分かれており、それぞれの受付の前には10数名の列ができていました。

「花部門は一番左の列ね。さあ、並《なら》びましょ」

アイヴィーさんが一番左側の列を指さして言いました。

列の最後尾《さいこうび》に並《なら》んだぼくたちは、前にいる農場主たちが登録を済《す》ませる姿《すがた》を確認《かくにん》しながら、自分たちの番をそわそわした気分で待ちました。そして時間とともに列は少しずつ前に移動《いどう》し、ついにぼくたちの順番は前から数えて3番目となったのです。

「ねえ、パパ。今登録している人ってライアンさんじゃない？」

レミが声をひそめてささやきました。

「本当だ。あれは間違《まちが》いなく去年の優勝者《ゆうしょうしゃ》のライアンさんだ。去年は果物部門からの出品だったのに、今年は花部門を選択《せんたく》したようだね。これは一筋縄《ひとすじなわ》ではいかなくなってきたぞ」

コルトンさんが困惑《こんわく》した表情《ひょうじょう》を浮《う》かべました。

「ぼく、ニュースで見たことあるんだけど、ライアンさんて野菜部門と果物部門で優勝《ゆうしょう》経験《けいけん》があるんでしょ。今まで全部門を制覇《せいは》した農場主はいないわけだし、そうなればすごく名誉《めいよ》なことだから、今回花部門に挑戦《ちょうせん》したんじゃないかな」

ランドンが眉《まゆ》をひそめました。

「こちらにお名前と品種名をご記入ください、ライアンさん。種もこちらでお預《あず》かりいたします。去年のマンゴー・クローバーはすばらしかったですね。マンゴー・クローバーは高級食材ですからふだんはなかなか手に入れられませんが、私《わたし》は家族の誕生日《たんじょうび》に合わせて予約をし、あのすばらしい味を楽しんでいるんです。ライアンさん、あなたは私《わたし》たちの村の英雄《えいゆう》ですよ」

受付の男性《だんせい》がたたえました。

「島のみなさんからの喜《よろこ》びの声を聞くと、本当にやりがいを感じますよ。今年は花部門でがんばらせていただきます」

あごひげを蓄《たくわ》えた農作業着姿《すがた》のライアンさんはそう答えると、受付を済《す》ませ植物園の中に入っていきました。

「自信にあふれた感じの人だったね。ああ、どうかぼくたちのブリリアント・クローバーのほうが評価《ひょうか》されますように」

ぼくはおずおずと言いました。

その後ぼくたちの前にいたバレンティーナという名前の女性《じょせい》の登録が終了《しゅうりょう》すると、ついにぼくたちの順番が訪れたのです。

「品評会《ひんぴょうかい》へご参加いただきありがとうございます。おや、コルトンさんじゃありませんか。昨年度は本当に惜《お》しかったですね。今年のご活躍《かつやく》を期待していますよ。さあ、こちらにお名前と品種名をご記入いただき、出品する種をこちらにお預《あず》けください」

受付の男性《だんせい》が登録用紙を差し出しました。

コルトンさんは机《つくえ》の上に置かれた用紙に必要事項《じこう》を記入し、ぼくたちのほうを振《ふ》り向くと小さくうなずきました。その意味を理解《りかい》したぼくは、ジェイクやディランとともに大きな種を受付の男性《だんせい》に手渡《てわた》しました。

「わあ、これは大きな種ですね。今までこんなに大きな植物の種を見たのは初めてですよ。これは非常《ひじょう》に楽しみだなあ」

受付の男性《だんせい》は大きな種にコルトンさんの登録番号が書かれた紙を器用に貼《は》りつけると、奥《おく》に敷《し》かれた青いビニールシートの上に置きました。

「さあ、ご入場ください。品評会《ひんぴょうかい》は野菜・果物・花の順に行われますので、すべてご覧《らん》いただくことが可能《かのう》です。開始までまだしばらく時間がございますので、もしよろしければ、アナウンスがあるまでトリフォリウム植物園をご見学されてはいかがでしょうか？当園自慢《じまん》のクローバーをお楽しみください」

植物園の中に入ったぼくたちは受付の男性《だんせい》のすすめに従《したが》い、少し園内を散歩することにしました。園内には色とりどりのクローバーが咲《さ》き誇《ほこ》り、まるで楽園の風景のようでした。

「ねえ、あそこに池があるわ。ほら、鳥が見えるでしょ」

ナンシーが前方にある池を指さしました。

ぼくたちが池に向かって歩を進めると、その中央には大きなクローバーの花の形をした石像《せきぞう》があり、そこから勢《いきお》いよく噴水《ふんすい》が噴出《ふんしゅつ》していました。そしてナンシーの言うとおり、池には黄色いくちばしの水色のアヒルのような鳥がすいすいと水面を進んでいるのが見えたのです。

「のどかな雰囲気《ふんいき》だね。こういうところで丸一日ピクニックしたら楽しいんだろうな」

ジェイクがほのぼのとした表情《ひょうじょう》を浮《う》かべました。

「ほんとね。クローバーの種類ものすごく多いし、色もすごくさまざまね。こんなところでサンドイッチを食べながら読書したり、ネコと遊んだりしたらきっと最高だわ」

ステラが夢見心地《ゆめみごこち》な表情《ひょうじょう》で言いました。

「品評会《ひんぴょうかい》の参加者のみなさま及《およ》びご見学のみなさまに申し上げます。間もなく、年次クローバー品評会《ひんぴょうかい》を開催《かいさい》いたします。園内の特別展示場《てんじじょう》までお越《こ》しいただきますよう、よろしくお願いいたします」

突然《とつぜん》、場内アナウンスが園内にひびき渡《わた》りました。

「さあ、いよいよだね。私《わたし》についてきてください」

コルトンさんがゆうゆうと歩き始めました。

ぼくたちは楽しみと不安が入りまじった気分で足早に歩き、ついに特別展示場《てんじじょう》に到着《とうちゃく》しました。用意された座席《ざせき》に腰《こし》を掛《か》けたぼくが周囲《しゅうい》を見渡《みわた》すと、すでに多くの参加者、見学者の人たちが席についていて、ステージの脇《わき》には5名の審査員団《しんさいんだん》が着席《ちゃくせき》し、テレビや新聞などの報道機関《ほうどうきかん》関係者用の座席《ざせき》も反対側に用意されていることに気がつきました。

「本年度も多くの農場主様にご参加いただき、たいへん名誉《めいよ》に感じております。ただいまより本年度の年次品評会《ひんぴょうかい》を開催《かいさい》いたします。各部門の優勝者《ゆうしょうしゃ》の方々には『ボタニケア』の魔法《まほう》が授与《じゅよ》されますので、今後の農作業の効率化《こうりつか》にお役立てください。それではまず、野菜部門から始めさせていただきます。本年度は12組の農場主様にご参加いただきました」

司会者の女性がすらすらと進行を始めました。

その後、野菜部門から出品された12作品の品種に対し、審査員団《しんさいんだん》は順に『グロウス・イミッジ』の魔法《まほう》を施《ほどこ》し、各種子の成長過程《かてい》をホログラムに映《うつ》し出していったのです。優《ゆう》勝者《しょうしゃ》の発表は審査員団《しんさいんだん》による全部門の出品作品の審査《しんさ》が終了《しゅうりょう》したあとらしく、野菜部門のホログラム投影《とうえい》がすべて終了《しゅうりょう》すると、そのまま果物部門へと移行《いこう》したのです。

「野菜部門も果物部門も魅力的《みりょくてき》な作品ばかりだったね。どれが優勝《ゆうしょう》するのかなあ？」

ぼくはうで組みをしながら推測《すいそく》しようとしました。

「結果が楽しみね。でもその前に花部門の審査《しんさ》がいよいよ始まるわよ」

ナンシーが目を輝《かがや》かせて言いました。

「みなさま、たいへんお待たせいたしました。それではただいまより、最後の花部門の審《しん》査《さ》を始めさせていただきます。野菜部門・果物部門と同様に、こちらも12組の農場主様からの出品をいただいております。それでは、まず初めに、トーマス・アンダーソン様からの出品、ゴールデン・クローバーをご覧《らん》ください」

司会者のアナウンスが終了《しゅうりょう》すると、5人の審査員団《しんさいんだん》が金色の種子を台の上に置きました。そして、『グロウス・イミッジ』を用い、その成長イメージを映《うつ》し出したのです。

ホログラムには金色に輝《かがや》く美しいクローバーの花が映《うつ》し出されました。すると場内からは、大きなどよめきと拍手《はくしゅ》が巻《ま》き起こったのです。

「すごい、金色の花だ。きれいだなあ」

ディランがうめくような声を出しました。

目の前に映《うつ》し出された映像《えいぞう》にくぎづけになったぼくは、花部門のレベルの高さに圧倒《あっとう》され、それとともに不安の影《かげ》がぼくの心をおおいつくしたのです。

# 第24話　大接戦《だいせっせん》

トリフォリウム植物園で行われる年次品評会《ひんぴょうかい》の特別展示場《てんじじょう》に到着《とうちゃく》したぼくたちは、まず野菜部門、そして果物部門のホログラム投影《とうえい》を見学し、いよいよ幕《まく》を開けた最後の花部門の審査《しんさ》を、手に汗《あせ》をにぎりながら見守り始めました。そして、初めに審査《しんさ》を受けたゴールデン・クローバーの美しさに魅了《みりょう》されたぼくは、先行きが不安になり始めたのです。

「見事な金色の花でしたね。さて、それでは次の作品の投影《とうえい》に移《うつ》らせていただきます。続きましてはグレゴリー・ゴメズ様からの出品、ムーン・クローバーをご覧《らん》ください」

審査員団《しんさいんだん》が台の上に置かれた丸みを帯《お》びた薄黄色《うすきいろ》の種子に『グロウス・イミッジ』の魔《ま》法《ほう》をかけると、今度は満月のような黄色くて円形の花がホログラムに投影《とうえい》されました。ムーン・クローバーの花の咲《さ》き方、散り方を目の当《ま》たりにしたぼくは、その芸術《げいじゅつ》性の高さに言葉を失ってしまいました。なぜなら、花は黄色い面積がまるで新月から三日月、そして半月、満月へと変化していくような咲《さ》き方をし、散り方もその逆《ぎゃく》の手順で変化しているように見えたからです。

「まあ、すてきな花ね。わたし、自分の家の庭にこれを植えたいわ」

ナンシーがうっとりとした表情《ひょうじょう》でホログラムを見つめました。

「それにしてもこの島の農家のレベルはとてつもないですね。実際《じっさい》ぼくはブリリアント・クローバーなら絶対《ぜったい》に優勝《ゆうしょう》できるんじゃないかと思ってましたが、そう甘《あま》くはないかもしれないですね」

ディランがコルトンさんに言いました。

「まさに芸術《げいじゅつ》の極みとも言える作品でしたね。それでは次の作品に移《うつ》りましょう。続きましてはラリー・ロドリゲス様による出品、ダンシング・クローバーです」

審査員団《しんさいんだん》は、ぼくたちの席からでは見えづらいほど小さなクローバーの種を台の上に置くと、再《ふたた》び『グロウス・イミッジ』の魔法《まほう》をかけました。すると、投影《とうえい》されたホログラムは、やはりクローバーの成長過程《かてい》を見事に映《うつ》し出したのです。クローバーは淡《あわ》いピンク色の花を無数に咲《さ》かせていました。

「きれいだけど、ちょっとふつうかもね。少しほっとしたよ」

ぼくはふうっと息を吐《は》き、胸《むね》をなでおろしました。

「審査員《しんさいん》のみなさん、何か音楽をかけていただけますかね」

突然《とつぜん》、観客席から男性《だんせい》が大きな声でさけびました。

「ラリーさん、了解《りょうかい》いたしました。では、私《わたし》がいつも聞いているこの曲をかけさせていただきます」

司会者の女性《じょせい》は審査員団《しんさいんだん》からの許可《きょか》を得《え》ると、ポケットの中から小型《こがた》の音楽プレイヤーを取り出し、すばやくいくつかのボタンを押《お》しました。すると、テンポの速いダンスミュージックが流れ始めたのです。

ぼくが改めてホログラムに投影《とうえい》された無数のクローバーの花に視線《しせん》をもどしたとき、ぼくは目の前で起こっていることが信じられず、思わず口をぽかんと開けてしまいました。

無数のピンクの花は音楽のリズムに合わせ、花びらを頭のように、茎《くき》を体のように、そして葉を手足のようにくねくねと動かし、器用に踊《おど》り始めたのです。

場内からは歓声《かんせい》と拍手《はくしゅ》が巻《ま》き起こり、いつまでも鳴りやみませんでした。そして、ついに流れていた音楽が終了《しゅうりょう》すると、花たちは、まるでお辞儀《じぎ》をするかのようにぺこりと花びらを下に傾《かたむ》けたのです。

「わあ、すごいわ！　こんなのが庭に咲《さ》いていたら、毎日が楽しくて仕方ないわね」

ステラが目を輝《かがや》かせて絶賛《ぜっさん》しました。

一方観客席では、拍手《はくしゅ》を浴びていた出品者のラリーさんが立ち上がって一礼をし、笑顔で再《ふたた》び着席しました。

「ラリーさんのダンシング・クローバーが見事なダンスを披露《ひろう》してくれました。本年度の花部門はまさに過去《かこ》最高のレベルと言えるでしょう。続きましては女性《じょせい》農場主、ジョイス・ヤング様による出品作品、なだめシロツメクサをご覧《らん》ください」

女性《じょせい》司会者のアナウンスが流れると、審査員団《しんさいんだん》は白ゴマのようななだめシロツメクサの種を台に置き、『グロウス・イミッジ』の魔法《まほう》をかけました。すると種が発芽し、茎《くき》や葉を伸《の》ばし、花が開花するまでの過程《かてい》が見事にホログラムに投影《とうえい》されたのです。開花した花は青紫色《あおむらさきいろ》で、その花を見ていると、ぼくの心は先ほどまでのそわそわした気分が晴れ、とてもおだやかな気持ちになりました。

「抜群《ばつぐん》のリラックス効果《こうか》を誇《ほこ》るなだめシロツメクサの花、いかがだったでしょうか。私《わたくし》へレン・ホワイトもすっかり心が晴れやかになりました。この花が商品化されたらぜひ手に入れたい、そんな逸品《いっぴん》です」

「あの花すごいね。ぼく、緊張感《きんちょうかん》が一気に解《ほど》けて、心におだやかな静寂《せいじゃく》が広がっていくのがすごくわかるよ」

ジェイクがやわらかな口調で言いました。

「続きましては、5人目の出品者、ピエール・ブランシェット様による作品、水晶《すいしょう》クローバーを披露《ひろう》いたします」

女性《じょせい》司会者、ヘレンが声を張《は》り上げてアナウンスすると、審査員団《しんさいんだん》はキラキラと光る宝《ほう》石《せき》のようなクローバーの種を台の上に置きました。

審査員団《しんさいんだん》の『グロウス・イミッジ』により映《うつ》し出されたホログラムには、水晶《すいしょう》のように輝《かがや》く半透明《はんとうめい》の花が開花するまでの様子がリアルに投影《とうえい》されていました。

「なんて美しい花なの。まるで宝石《ほうせき》みたいだわ。わたし、この花も自分の家の庭に植えたいわ」

ナンシーがうっとりとした表情《ひょうじょう》で両手を組み合わせました。

「まるで私《わたし》たちをおとぎの世界へといざなうような魅力的《みりょくてき》な花でしたね。さて、いよいよ6人目の出品に移《うつ》らせていただきます。次の作品はマルコ・リッチー様によるウォーター・クローバーです」

ヘレンのアナウンスが終わると、審査員団《しんさいんだん》はぷよぷよとした弾力性《だんりょくせい》のある種子を台の上に運び、手際《てぎわ》よく『グロウス・イミッジ』の魔法《まほう》をかけました。するとホログラムには瑞々《みずみず》しい新芽が茎《くき》を伸《の》ばし、葉を従《したが》え、最終的に開花するまでの過程《かてい》が映《うつ》し出されました。

開花した花を見たとき、ぼくは思わずぎょっとしてしまったのです。なぜなら、花びらを形成している部分がどう見ても延々《えんえん》と茎《くき》から噴《ふ》き出す水で構成《こうせい》されているようにしか見えなかったからです。

「すごい。まさに名前のとおりだね。あの水飲めるのかな」

ぼくは疑問《ぎもん》に思いました。

「みなさま、ホログラムが映《うつ》し出しているように、ウォーター・クローバーの花びらは水で形成されているそうです。花から得《え》られた水を飲むと、頭がすごく冴《さ》えるということです。お子さまの学校の試験の日には欠かさず飲ませたい、そんなとてもありがたいクローバーですね」

まるでぼくの言葉が届《とど》いたかのようにヘレンが解説《かいせつ》しました。

「さて、あっという間でしたが、花部門の品評会《ひんぴょうかい》も半分が終了《しゅうりょう》いたしました。いよいよ後半の6作品の発表を開始させていただきたいと思います。続きましては空の世界の別の島ジーバンからクローバー・アイランドに移住《いじゅう》した伝説の庭師《にわし》、ジヘエ・オガタ様による出品、サムライ・クローバーをご覧《らん》ください」

ヘレンによる紹介《しょうかい》が終わると、審査員団《しんさいんだん》は小さな星型《ほしがた》の種を台の上に置き、これまでと同様に『グロウス・イミッジ』の魔法《まほう》を施《ほどこ》しました。台の上に映《うつ》し出されたホログラムは、星型《ほしがた》の手裏剣《しゅりけん》のような形をした無数の銀色の花を投影《とうえい》し、その花はまるで独立《どくりつ》した部位のようにお互《たが》いのがくの上を自由に飛び回り、そこに収《おさ》まったかと思えばまた、別の花のがくと位置を交換《こうかん》する動きを繰《く》り返したのです。

銀色の星の織《お》り成《な》すその動きにぼくはすっかり魅了《みりょう》され、伝説の庭師《にわし》の実力を改めて思い知りました。場内から拍手《はくしゅ》がわき起こると、観覧席《かんらんせき》にいたちょんまげ姿《すがた》で着物を着たジヘエさんが立ち上がり、深々とお辞儀《じぎ》をし、そして静かに着席したのでした。

「異国《いこく》の文化を思わせるすばらしい作品でしたね。さあ、みなさま。出品作品も残すところあと5つとなりました。次の作品はカイア・パテル様による出品、フライング・クローバーです」

次に審査員団《しんさいんだん》が台に置いた種は、台にのせたとたんにわずかに浮遊《ふゆう》し、台から3センチほどの位置で停止《ていし》しました。審査員団《しんさいんだん》が『グロウス・イミッジ』の魔法《まほう》をかけると、ホログラムはその成長の経緯《けいい》を詳細《しょうさい》に映《うつ》し出しました。

フライング・クローバーの花は輪切りにしたロールケーキのようなデザインで、内側から赤・黄色・青の三色で構成《こうせい》され、開花すると、両側面に翼《つばさ》を従《したが》えて浮遊《ふゆう》するその姿《すがた》は、空中をゆっくりと上下するお手玉のように見えました。翼《つばさ》を羽ばたかせるその動きはとても美しく、そしてかわいらしくもあり、ぼくはまばたきするのも忘《わす》れ、その動きをじっと観察したのです。

「翼《つばさ》がすごくかわいらしいわね。わたし、この花も気に入ったわ」

ステラが笑顔で言いました。

「まるで天使のような花でしたね。さて、続きましては9作品目の出品、ローランド・バーガー様による発光シロツメクサを見てみましょう」

ヘレンのアナウンスが終了《しゅうりょう》すると同時に、審査員団《しんさいんだん》はわずかに発光する種子を台の上に置き、『グロウス・イミッジ』の魔法《まほう》をかけました。するとホログラムには植物が成長し開花したあとの夜間の様子が映《うつ》し出されました。夜間に咲《さ》き乱《みだ》れた無数の発光シロツメクサは、ピンクや、紫《むらさき》、青や緑とさまざまな色に発光し、幻想的《げんそうてき》な風景を生み出したのです。さまざまな色に輝《かがや》くその花の様子を見たぼくは、なぜか心を強く打たれ、自然と涙《なみだ》がほほを伝いました。ホログラムの映像《えいぞう》が消えると、場内には割《わ》れんばかりの拍手《はくしゅ》が巻《ま》き起こり、いつまでも鳴りやまなかったのです。

年次品評会《ひんぴょうかい》の花部門に出品された全12作品のうち、9作品までの発表が終了《しゅうりょう》し、いよいよぼくたちの作品をふくめた3作品の発表を残すのみとなりました。これまでの9作品はどれも質《しつ》の高いものばかりで、ぼくは初めに抱《いだ》いていた楽観的な気分が完全に消失し、再《ふた》び緊張感《きんちょうかん》が身を包むのを実感しました。

「ご来場のみなさまにお伝え申し上げます。ただいまより、前年度果物部門の優勝者《ゆうしょうしゃ》、ライアン・ロビンソン様による出品、コンフェティ・クローバーをご覧《らん》いただきます」

ヘレンがライアンさんの名を告《つ》げると、場内に拍手《はくしゅ》と歓声《かんせい》がひびき渡《わた》りました。

「ライアンさん、すごく人気者なのね。さすが、優勝経験者《ゆうしょうけいけんしゃ》だわ」

ステラが感嘆《かんたん》の声を上げました。

審査員《しんさいん》団《だん》が台の上に置いたのはソラマメくらいの大きさの種子で、その表面は数えきれないほどの色の斑点《はんてん》でおおわれていました。審査員団《しんさいんだん》がその種子に『グロウス・イミッジ』の魔法《まほう》をかけると、種子からは子葉が芽生え、茎《くき》や本葉が発達し、あっという間につぼみがついたのです。つぼみはすぐには開花せず、徐々《じょじょ》に大きさを増《ま》し、色とりどりの風船のようにふくらみました。そして、その風船のようなつぼみは限界《げんかい》まで膨張《ぼうちょう》すると、ポンッと大きな音を立ててはじけたのです。するとそこからは、まるで紙吹雪《かみふぶき》のように勢《いきお》いよく花びらが舞《ま》い上がり、空まで達すると花火のようにパッと広がり、そして地面に舞《ま》い降《お》りてきたのです。それぞれのつぼみは時間差でふくらみ、はじける音とともにさまざまな色の花びらを次々に空に打ち上げました。空で広がる花びらの美しさ、そして、地面にパラパラと降《ふ》り注ぐその花吹雪《はなふぶき》は、言葉では言いつくせないほど美しいものだったのです。そして場内は先ほどよりもさらに大きな拍手《はくしゅ》と歓声《かんせい》で包まれました。

「なんという技術《ぎじゅつ》なんだろう。まさに天才としか言いようがないね」

ジェイクが口をぽかんと開けて言いました。

「日常の素朴《そぼく》な情景《じょうけい》に大きな感動をもたらす、まさに達人技《たつじんわざ》とも言える作品でした。さて、次は花部門での優勝《ゆうしょう》経験《けいけん》を持ち、『花の女王』の異名《いみょう》を持つバレンティーナ・ムーア様の出品をご紹介《しょうかい》しましょう。作品名はドミノ・クローバーです」

「バレンティーナさんて、ぼくたちの前に並《なら》んでいた女性《じょせい》だね。優勝経験者《ゆうしょうけいけんしゃ》だったなんて知らなかったよ。どんな作品なのかなあ」

少しおどろいたぼくの心にじわじわと不安が広がりました。

ヘレンの紹介《しょうかい》アナウンスが終わると、審査員団《しんさいんだん》は長方形の種子を台の上にのせ、『グロウス・イミッジ』の魔法《まほう》をかけました。ホログラムが映《うつ》し出した映像《えいぞう》は、種子の発芽から始まりました。ドミノ・クローバーの茎《くき》の伸《の》び方は特徴的《とくちょうてき》で、縦《たて》にまっすぐにではなく、つたのように地面を真横に這《は》って伸《の》びていきました。地面に広がったドミノ・クローバーは、葉を携《たずさ》えながらやがてつぼみをつけ、花を咲《さ》かせ始めました。

その花は茎《くき》よりもさらに特徴的《とくちょうてき》で、1つのつぼみから開花した花びらはアコーディオンのような広がりを見せ、別のつぼみから咲《さ》いた花と接続《せつぞく》し、その動作を繰《く》り返すことによって、まるで長々と並《なら》べた本物のドミノのようにつながったのです。完成した花はまとまりごとに虹《にじ》のような7色で構成《こうせい》され、ジグザグの曲線を描《えが》き、縦《たて》に直立したまま微動《びどう》だにせず、風が吹《ふ》いても倒《たお》れることはありませんでした。

すると突然《とつぜん》、観客席から一人の女性《じょせい》が立ち上がり、大声をひびき渡《わた》らせました。

「ドミノ！」

声の主はなんと『花の女王』、バレンティーナさんだったのです。その声を受けると、一番端《はし》に位置したドミノ・クローバーの花びらが1枚《まい》、まるでお辞儀《じぎ》でもするように、隣接《りんせつ》した花びらにもたれかかりました。すると、まさにドミノ倒《だお》しのように花びらは美しく、そして勢《いきお》いよく前に倒《たお》れ続けたのです。その光景は見るものを圧倒《あっとう》するような芸術性《げいじゅつせい》があり、ぼくをふくめ観覧者《かんらんしゃ》たちは、まるでその美しさに吸《す》いこまれるように瞬《まばた》きもせず、静かにその様子を見守ったのです。

もう一方の端《はし》にある最後の花びらが倒《たお》れたとき、観客は総立《そうだ》ちになり、しばらく声も出ずにその場に立ちつくしました。そして、ふと我《われ》に返ったように歓声《かんせい》を上げながら、いつまでも拍手《はくしゅ》し続けたのです。

「さすが優勝経験者《ゆうしょうけいけんしゃ》だね。あまりにもすばらしくて、鳥肌《とりはだ》が立ってしまったよ」

ディランが少しふるえた様子の声を出しました。

「そうね。でもいよいよコルトンさんの出番よ。ホログラムで確認するのはわたしたちも初めてだから、とても緊張《きんちょう》するわね。ああ、うまくいきますように」

ナンシーが祈《いの》るように目をつぶりました。

「『花の女王』が精力をつぎこんだ作品、ドミノ・クローバーはいかがだったでしょうか？花びらのドミノが勢《いきお》いよく滝《たき》のように倒《たお》れだしたとき、私《わたし》は思わずその美しさに意識《いしき》を失ってしまいそうになりました。さてみなさま、いよいよ花部門最後の出品作品をご紹介《しょうかい》いたします。フィナーレを飾《かざ》るのは、コルトン・バートン様によるブリリアント・クローバーです」

いよいよコルトンさんの作品の出番になり、ぼくは緊張《きんちょう》のあまりひざががくがくとふるえ始めるのを感じました。審査員団《しんさいんだん》はぼくたちが手掛《てが》けた、青みがかった植物の種とは思えないほど大きな種を台の上にのせました。その種の大きさを目《ま》の当たりにした観覧《かんらん》席からは、大きなどよめきが起こったのです。

審査員団《しんさいんだん》が『グロウス・イミッジ』の魔法《まほう》をかけると、ホログラムは種から直径1メートルほどもある太い幹《みき》のような茎《くき》が伸《の》びる様子を映《うつ》し出しました。茎《くき》は象《ぞう》の耳ほどもある葉を徐々《じょじょ》に増《ふ》やしながらどこまでも伸《の》び、50メートルほどの高さで停止《ていし》しました。そして、徐々《じょじょ》につぼみを形成し、開花を始めたのです。花びらが咲《さ》き切ったとき、ぼくはその迫《はく》力《りょく》に圧倒《あっとう》されました。ブリリアント・クローバーの青い花は直径が20メートルほどもあり、半球状のふわふわした花びらを携《たずさ》えていたのです。

ぼくがその堂々とした花の様子をしばらく見つめていると、突然《とつぜん》、花びらは時計回りに回転を始め、それとともに大量の花吹雪《はなふぶき》を散らし始めました。青い花吹雪《はなふぶき》は延々《えんえん》と放出され、やがて雲のように空をおおいつくすと、まるで雪のようにはらはらと地面に降《ふ》り注ぎ始めたのです。青い花びらの雪を背景《はいけい》としたブリリアント・クローバーの花は言葉にならないほど美しく、ぼくはその様子をいつまでも心に刻《きざ》み続けました。やがて地面にどっさりと積もった花びらは、辺りの風景を美しい青色の海に変え、常《つね》に降《ふ》り続ける花びらと、堂々《どうどう》と地面を見下ろすその姿《すがた》とが絶妙《ぜつみょう》なコントラストを醸《かも》し出したのです。

ぼくが一瞬《いっしゅん》、周囲の観覧《かんらん》者たちに目線を移《うつ》すと、コルトンさんをふくめた仲間たち、そしてそのほかの観覧《かんらん》者たち、ヘレンや審査員団《しんさいんだん》たちの目から涙《なみだ》がとどまることなくほおを伝っているのが見えました。

ぼくがもう一度ホログラムに目線をもどすと、突然《とつぜん》「えいっ！」という聞き覚えのある声が耳に届《とど》きました。その声がブリリアント・クローバーの花に伝わると、その巨大《きょだい》な花はがくから上方に浮《う》き上がるようにはなれると、猛《もう》スピードで前進し、おどろいたことにホログラムの中から実物が飛び出してきたのです。そして、そのまま宙《ちゅう》高く浮《う》き上がると会場に青い花びらの雪を降《ふ》らせました。

審査員団《しんさいんだん》や観覧《かんらん》者は目を丸くして実物の花の大きさと美しさ、そして会場に降《ふ》り注ぐ青い花びらの雪に注目し、見とれているようでした。ぼくが後方を振《ふ》り返ると、そこには口に手を当ててくすくすとあどけなく笑うミラの姿《すがた》が目に映《うつ》りました。

「ミラ、君ここに来ていたの？　ずっと魔法屋《まほうや》で待ってるのかと思ってたのに」

ぼくが大声で後方の席に向かってさけびました。

「あそこで待っててもつまらないもの。私《わたし》、クローバーアイランドの品評会《ひんぴょうかい》に前から興味があったの。あなたたちがハピネス値《ち》をためるのに時間がかかると思ったから、その間にないしょでここに来たら、前のほうにあなたたちがいるのを見ておどろいたわ。あなたたち、勝手に至福《しふく》のブランコの種を一本引き抜《ぬ》いたのね。あとで私《わたし》が修理《しゅうり》しておくけど、そのままあれに乗って移動《いどう》していたら大事故《だいじこ》を起こしていたわ」

ミラが少し怒《おこ》った口調で言いました。

「ごめんごめん。もちろんあとから報告《ほうこく》するつもりだったんだよ」

ぼくがこれまでのいきさつを説明しようとすると、ヘレンの声が場内にひびきました。

「私《わたし》は毎年この品評会《ひんぴょうかい》の司会を務《つと》めさせていただいてますが、ホログラムから本物が飛び出してきたのは初めてです。本当におどろきました。それにしてもブリリアント・クローバーの美しさはたいへんなものでした。きっと私《わたくし》たちの心にいつまでも忘《わす》れずに残り続けることでしょう」

ヘレンの言葉に、場内からはかつてないほどの大きな拍手《はくしゅ》がわき起こりました。

「さて、以上で12作品すべての展示《てんじ》が終了《しゅうりょう》いたしました。これより、審査員団《しんさいんだん》による協議が開始されます。みなさまには今から15分間の休憩《きゅうけい》をお取りいただくこととなります。その後、各部門の優勝者《ゆうしょう》発表へと移《うつ》らせていただきます」

ヘレンのアナウンスが終了《しゅうりょう》すると、観覧《かんらん》席からはまばらに聴衆《ちょうしゅう》が立ち上がり、伸《の》びをしたりトイレや売店に向かったりし始めました。もうすぐ結果が出るのかと思うとぼくは緊《きん》張《ちょう》し、少しこわい気もしましたが、なぜかおだやかな満足感のほうがそのような負の感《かん》情《じょう》に勝《まさ》っているような気がしたのです。

## 第25話　リンガ

年次品評会《ひんぴょうかい》の花部門もついに全作品の展示《てんじ》が終了《しゅうりょう》し、審査員《しんさいん》による協議が開始されました。ぼくたちが休憩《きゅうけい》時間中にミラにこれまでのいきさつを説明し終えると、ミラは先ほどまでの不機嫌《ふきげん》な様子が収《おさ》まり、しきりにステラの発想をほめたたえたのです。

「すごいわ、ステラ。至福《しふく》のブランコの種を品種改良に使うなんて、ふつう絶対《ぜったい》に思いつかないもの」

感心したミラがパチパチと手をたたきました。

「ご来場のみなさま、たいへんお待たせいたしました。ただいまより、野菜・果物・花の各部門の優勝《ゆうしょう》者を発表いたします。発表はすべて審査員長《しんさいんちょう》のガブリエル氏によって行われます」

ヘレンの言葉により場内から拍手《はくしゅ》がわき起こると、眼鏡《めがね》をかけた白髪《はくはつ》のおじいさんが表《ひょう》彰台《しょうだい》に上がり、一礼しました。

「それでは、まず始めに野菜部門の優勝《ゆうしょう》者を発表させていただきます。本年度の優勝《ゆうしょう》作品はドナルド・マーティン様によるクローバー・モチイモになります。マーティン様、どうぞ表彰台《ひょうしょうだい》へお越《こ》しください」

拍手《はくしゅ》の嵐《あらし》の中、観覧《かんらん》席から立ち上がった男性《だんせい》は、両手でガッツポーズをすると、表彰《ひょうしょう》台《だい》へ向かって進み始めました。そして、ガブリエル氏から賞状《しょうじょう》と優勝杯《ゆうしょうはい》を受け取ると、白い歯を見せながら笑顔で観衆《かんしゅう》に右手を振《ふ》ったのです。そして、再《ふたた》びガブリエル氏のほうを向き直ると、力強く握手《あくしゅ》をし、観覧《かんらん》席にもどっていったのです。

「マーティン氏によるクローバー・モチイモの開発は、この島の食文化に多大なる影響《えいきょう》を与《あた》え、深く歴史に刻《きざ》まれることでしょう。それでは、次に果物部門の優勝《ゆうしょう》者を発表いたします。優勝《ゆうしょう》の栄冠《えいかん》をつかんだのは、トレイシー・ビードル様によるハニーフルーツ・クローバーです。ビードル様、どうぞ表彰台《ひょうしょうだい》へお越《こ》しください」

ガブリエル氏の声が会場内に届《とど》くと、観衆《かんしゅう》からは割《わ》れんばかりの拍手《はくしゅ》がわき起こりました。すると、観覧《かんらん》席から栗色《くりいろ》の長い髪《かみ》の女性《じょせい》が立ち上がり、右手を上げて声援《せいえん》に応《こた》えながら表彰台《ひょうしょうだい》までゆっくりとした歩調で歩いていったのです。ビードルさんは表彰台《ひょうしょうだい》に上ると客席に向かって一礼し、投げキッスをしました。するとさらに大きな歓声《かんせい》と拍手《はくしゅ》が観覧《かんらん》席にひびいたのです。そして、ガブリエル氏のほうを向くと、長いスカートの両すそを手に持ち、ひざを曲げてお辞儀《じぎ》をしたのです。優勝杯《ゆうしょうはい》と賞状《しょうじょう》を受け取った彼女《かのじょ》は客席に向かって控《ひか》えめに右手を振《ふ》ると、うれしそうな表情《ひょうじょう》で再《ふたた》び観覧《かんらん》席へともどっていきました。

「ビードル様によるハニーフルーツ・クローバーは、ハチミツがハチの巣からのみ生産されるという従来《じゅうらい》の考えを真っ向から否定《ひてい》し、この島のハチミツ産業に大きな革命《かくめい》をもたらしました。さて、みなさま、いよいよ最後の花部門の優勝《ゆうしょう》者に移《うつ》らせていただきます」

「いよいよね。ああ、緊張《きんちょう》してきたわ」

ナンシーが右手で心臓を押《お》さえました。

「どんな結果が出ても受け入れるつもりだよ。やれるだけのことはやったわけだしね」

コルトンさんが毅然《きぜん》とした態度《たいど》で言いました。

「本年度の花部門は過去《かこ》最高レベルを誇《ほこ》り、審査員《しんさいん》の間でも意見の一致《いっち》を得《え》るのにたいへん苦労いたしました。数多くの優秀《ゆうしゅう》作品の中から優勝《ゆうしょう》の栄冠《えいかん》を手にしたのは、コルトン・バートン様によるブリリアント・クローバーです」

ガブリエル氏が花部門の優勝《ゆうしょう》者を告《つ》げると場内は一瞬《いっしゅん》静まり、少し間をおいてからかつてないほどの大きな拍手《はくしゅ》と声援《せいえん》がひびき渡《わた》りました。体がしびれるような感動に身を包まれたぼくが涙《なみだ》をこらえながら仲間たちのほうを見ると、ランドンとレミ、そしてアイヴィーさんが笑顔と涙《なみだ》をいっぱいにして、コルトンさんを抱《だ》きしめていました。そしてジェイクは右手で軽くガッツポーズをし、ディランは満足そうにうで組みをし、ナンシーはほほ笑ましそうにバートン一家の様子をながめ、ステラは観衆《かんしゅう》とともに大きな拍手《はくしゅ》をしながら歓喜《かんき》の声を上げていたのです。

「コルトン・バートン様、どうぞ表彰台《ひょうしょうだい》へお越《こ》しください」

コルトンさんはふと我《われ》に返ったように前方の表彰台《ひょうしょうだい》を見据《みす》えて、「じゃあ、行ってくるね」と落ち着いた様子で言うと、堂々《どうどう》と前に進んでいきました。

表彰台《ひょうしょうだい》に上ったコルトンさんは、温《あたた》かく拍手《はくしゅ》を送る観衆《かんしゅう》に両手を振《ふ》って応《こた》え、ガブリエル氏のほうを向き直ると優勝杯《ゆうしょうはい》と賞状《しょうじょう》を受け取りました。そして、ガブリエル氏と固い握手《あくしゅ》を交わしたのです。

「おめでとう。コルトン君」

ガブリエル氏が笑顔でたたえました。

「ありがとうございます、先生」

コルトンさんはそう言うと、観覧席《かんらんせき》にゆうゆうともどっていきました。

「バートン様によるブリリアント・クローバーは観葉植物の常識《じょうしき》をくつがえすものでした。私たちに植物観賞《かんしょう》の新たな楽しみ、そして力強い希望を与《あた》えてくれる、そんな偉大《いだい》な作品と言えるでしょう」

ガブリエル氏の評価《ひょうか》は会場全体にいっそう大きな拍手《はくしゅ》をもたらしました。

コルトンさんが観覧席《かんらんせき》にもどると、ぼくはたずねました。

「ガブリエルさんとはお知り合いなんですか？　先生と呼《よ》んでいたみたいですけど」

「私《わたし》が農業専門《せんもん》学校に通っていたころの恩師《おんし》なんだ。私《わたし》の今があるのは彼《かれ》の教えのおかげだと思っているよ」

「ルーク、みなさん、本当にありがとう。君たちのおかげで優勝《ゆうしょう》を手にすることができました。『ボタニケア』の魔法《まほう》を使って、これからも農業と家族の時間とを両立しながらがんばっていきたいと思います」

コルトンさんがうれしそうな表情《ひょうじょう》を浮《う》かべて、ぼくたちに感謝《かんしゃ》を述べました。

すると突然《とつぜん》、ナンシーが手に持っていた緑色の魔法《まほう》の風呂敷《ふろしき》が蛍光色《けいこうしょく》に点滅《てんめつ》し、声を発したのです。

「おめでとう！　１５００ハピネスを取得しました。現在のハピネス値《ち》の合計は２４５０ハピネスとなります」

「やった！　２０００ハピネスを超《こ》えたわね。さあ、魔法屋《まほうや》にもどって早くリンガを教えてもらいましょ」

ステラが催促《さいそく》しました。

「コルトンさん、本当におめでとうございます。これからも島のみんなのために農業をがんばってください。ぼくたちはここで失礼します」

ぼくはコルトンさんの手をぎゅっとにぎりしめました。

そして、改めてアイヴィーさんやランドン、レミに祝福の言葉を述《の》べると、ぼくたちは会場をあとにすることに決めたのです。

「うちのトラクターで魔法屋《まほうや》まで送りましょうか？」

アイヴィーさんが申し出ました。

「だいじょうぶよ。この子たちは私《わたし》が連れていくわ」

ミラが元気いっぱいに答えました。そして、右手で魔法《まほう》の杖《つえ》を振《ふ》りかざすと、大声で
「えいっ！」とさけんだのです。

「さあ、観覧《かんらん》席は狭いから、庭園の広い場所に移動《いどう》しましょ。池の前で至福《しふく》のブランコがあなたたちを待っているわ」

「でもぼくたちが種を引き抜《ぬ》いたから、故障《こしょう》してるんじゃなかったの？　乗ってだいじょうぶなのかなあ」

ジェイクが不安そうな表情《ひょうじょう》でミラを見つめました。

「ふふ、表彰式《ひょうしょうしき》があまりにも長いから、その間に遠隔魔法《えんかくまほう》で直しておいたわ。さあ、行きましょ」

ミラがさわやかな調子でさらっと言いました。

こうしてぼくたちは、トリフォリウム植物園内の池の前まで移動《いどう》し、再《ふたた》び至福《しふく》のブランコに乗ると、いざ魔法屋《まほうや》へ向かうことにしたのです。

年次品評会《ひんぴょうかい》の花部門で見事に優勝《ゆうしょう》を手にしたコルトンさんたちの喜《よろこ》びはとても大きく、感謝《かんしゃ》を受けたぼくたちは念願の２０００ハピネスを超《こ》えることに成功しました。ぼくたち

は再《ふたた》び至福《しふく》のブランコに乗り、ようやく魔法屋《まほうや》まで到着《とうちゃく》したのです。

「さあ、着いたわよ。中でライラックさんが待っているわ」

ミラがせかすように言いました。

「いよいよね。ああ、動物と話せるようになるなんてすてき。楽しみだわ」

ステラが幸せそうな表情《ひょうじょう》を浮《う》かべました。

ぼくたちが魔法屋《まほうや》の扉《とびら》を開けて店内に入ると、カウンターで待機していたライラックさんは半分目を閉《と》じてうとうととし、首を縦《たて》にこくり、こくりと動かしていました。

「ライラックさん、お待たせしました。２０００ハピネスをためてもどってきました」

ぼくはライラックさんの左肩《かた》をとんとんたたきました。

するとライラックさんはおどろいたように急に首を上側にひょいと上げ、直立姿勢《しせい》になり、眠《ねむ》そうな目をこすりながら言ったのです。

「おやおや、あんたたち、やっともどってきたんだね。魔法《まほう》の風呂敷《ふろしき》をお出し」

ナンシーが緑色の風呂敷《ふろしき》を手渡《てわた》すと、ライラックさんは引き出しの中から別の紫色《むらさきいろ》の風呂敷《ふろしき》を取り出し、２つの風呂敷《ふろしき》を横に並《なら》べて置きました。そして、右手の人差し指で空中に半円を描《えが》きました。すると、緑色の風呂敷《ふろしき》から光が放出され、紫色《むらさきいろ》の風呂敷《ふろしき》に吸収《きゅうしゅう》されていったのです。

「たしかに、2000ハピネスを領収《りょうしゅう》しましたよ。この緑の風呂敷《ふろしき》はあんたたちにプレゼントするからね。マジックパーク内で買い物をする際《さい》は、この風呂敷《ふろしき》を提示《ていじ》すれば取引《とりひき》ができるから、なくさないように持っていなさいよ。今あんたたちが保有《ほゆう》している残高は450ハピネスになるからね」

ライラックさんは再《ふたた》び緑色の風呂敷《ふろしき》をナンシーに手渡《てわた》すと、ステラのほうに視線《しせん》を向けました。

「さあ、ステラ、奥《おく》の部屋へおいで。リンガの魔法《まほう》を授《さず》けるからね。ほかのみなさんはここで15分ほどお待ちくださいな」

ライラックさんはそう言うと、ステラを連れて店の奥《おく》の部屋に向かってすたすたと歩き始めました。部屋の奥《おく》の扉《とびら》が閉《し》まると、室内からはライラックさんがもごもごと何かを唱える声がもれてきました。

「ステラ、ちゃんとリンガの魔法《まほう》を覚えられるかな。動物や虫と話せるようになったら、至福《しふく》のブランコで上の世界のトンネルにもどらなきゃ。ミラ、あのトンネルにもどることは可能《かのう》なの？」

ぼくがたずねました。

「ええ、帰り道に通れるわ。トンネルの中で一時停止《ていし》してあげるから、聞きたいことを聞いてみたら?」

ミラが答えました。

ステラとライラックさんが奥《おく》の部屋に入ってから15分ほどが経過《けいか》したとき、ついに扉《とびら》がギーッという音を立てて開かれました。ライラックさんに続いて中から出てきたのは、きりりとした表情《ひょうじょう》のステラと、綿菓子《わたがし》のように白くてふわふわした毛の大型犬《おおがた》だったのです。

「ステラはちゃんとリンガを習得《しゅうとく》できたわよ。さあ、ステラ。私《わたし》の愛犬ジャックスと会話してごらん」

ライラックさんがそう言うと、ステラはニッコリとほほ笑み、自信あふれる声でさけびました。

「リンガ!」

そしてライラックさんのそばで舌《した》を出しながら尾《お》を振《ふ》るジャックスに話しかけたのです。

「ジャックス、あなた今日の朝ご飯は何を食べたの?」

するとおどろいたことに、ジャックスが人間の言葉で答えたのです。

「今日の朝ご飯は、ラム肉とクローバーパンを食べたよ。おいしかったなあ」

「まあ、おどろいたわ。リンガを使うと、魔法《まほう》をかけた人物だけでなく、周りにいる人たちも動物の言葉が理解《りかい》できるようになるのね」

ナンシーが目を丸くして言いました。

「ふふ、便利よね。今ならジャックスはあなたたちの言葉さえ理解《りかい》できるわ。ただし、リンガの魔法《まほう》の効果《こうか》は10分しか続かないそうよ。一度使ったらもう一度使うまでに1時間、間を空けないといけないいんですって」

「10分もあれば十分だよ。早くトンネルにもどって、てんとう虫と話したいなあ」

ディランがそわそわした様子の声を出しました。

「ライラックさん、ありがとうございました。さあ、みんな。至福《しふく》のブランコに乗ってトンネルにもどろう！」

ジェイクが右うでを高くつき上げました。

魔法屋《まほうや》をあとにしたぼくたちは、いそいそと至福《しふく》のブランコに乗りこみました。

「さあ、今から上の世界にもどるわよ。空の世界を抜《ぬ》け、トンネルに立ちよったら、出発地点の橋にもどってこの乗り物の乗車は終了《しゅうりょう》になるわ。あと少し、思いっきり楽しんでね。

えいっ！」

ミラが魔法《まほう》の杖《つえ》を振《ふ》り下ろすと、至福《しふく》のブランコは上空に浮《う》かび上がり、徐々《じょじょ》に速度を上げながらクローバーアイランドをあとにしました。鮮《あざ》やかな花吹雪《はなふぶき》を散らしながら雲の間を何度も突《つ》き抜《ぬ》け、あっという間にぼくたちは空の世界から上の世界、ゴールドフィンチ島にもどったのです。空の滝《たき》の水面から上方に上がった至福《しふく》のブランコは、ミラの操作《そうさ》でどんどんぼくたちが以前通過《つうか》したトンネルに接近《せっきん》していきました。そして、ついにトンネルの中に再度突入《さいどとつにゅう》したのです。

トンネル内は先ほどと同じく幻想的《げんそうてき》な雰囲気《ふんいき》で、音楽と豊《ゆた》かな香りがぼくたちの心を癒《いや》してくれました。ぼくは目を凝《こ》らしてトンネル内の芝生《しばふ》部分を観察し、ついにてんとう虫たちを発見したのです。

「ミラ、あそこだよ。ほら、少し近づいて停車《ていしゃ》してくれないかな」

ぼくが大きなてんとう虫の群れを指し示《しめ》しました。

「わかったわ。それ！」

ミラは器用に至福《しふく》のブランコを操《あやつ》り、徐行《じょこう》しながら、てんとう虫の群れの前で停車《ていしゃ》させました。ぼくたちが芝生《しばふ》の上に降《お》りると、てんとう虫たちはおどろいた様子で、茂《しげ》みの中に逃《に》げこもうとしました。

「リンガ！」

ステラは大声でさけぶと、早口で言いました。

「ねえ、逃《に》げないで。わたしたち、あなたたちに聞きたいことがあるの」

ステラの声が届《とど》くと、てんとう虫たちはぴたりと逃《に》げる動作を止め、目を丸くしてステラのほうをじっと凝視《ぎょうし》したのです。

## 第26話　てんとう虫のトンネル

至福《しふく》のブランコに乗ってクローバーアイランドをあとにしたぼくたちは、空の世界から抜《ぬ》け出し、上の世界までもどってきました。ぼくたちはトンネル内に再度突入《さいどとつにゅう》し、芝生《しばふ》の上でてんとう虫を発見し、ステラがリンガの魔法《まほう》を唱えることで、てんとう虫との会話を試みたのです。

ステラが発した声を聞いたてんとう虫たちは、しばらくぼくたちのほうを凝視《ぎょうし》し、やがておそろしいものを見たかのようにじりじりと後ずさりを始めました。

「待って。ぼくたち少し前にこのトンネルを通ったことがあるんだけど、そのとき君たちが『助けて！』って文字を地面に描《えが》いているのを見たんだ。君たち、ぼくたちに助けを求めていたんじゃないのかな？」

ぼくが少し早口に伝えました。

すると、奥《おく》から一番大きな赤いてんとう虫が、カサカサと音を立てながら前に出て来ました。

「わしらはただのてんとう虫。人間に助けを求めることなどない。おそらくマジックパーク園内で何者かが魔法《まほう》を用い、あなたがたにメッセージを伝えたかったのじゃろう。きっとその人物は君たちがこのトンネルに入ることを知り、遠隔魔法《えんかくまほう》を用いてわしらの体をコントロールしたのじゃ。遠隔魔法《えんかくまほう》は上級魔法《まほう》でふつうの島民が実施《じっし》することは困難《こんなん》じゃ。あなたがたにメッセージを送った人物は熟練《じゅくれん》の魔法使《まほうつか》いに違《ちが》いあるまい」

「その人物がどんな人かはわかりませんか？　いったいなぜぼくたちにメッセージを送ったか、すごく気になるんです」

ジェイクが言葉に力をこめました。

「残念だが、わしらはただ体を乗っ取られて、かけられた魔法《まほう》に従《したが》って動いただけじゃ。あきらめておくれ」

一番大きなてんとう虫が言いました。

「せっかくここまでもどってきたのに、何の情報《じょうほう》も手に入らないなんてがっかりだわ」

ナンシーが深くため息をつきました。

行きづまったぼくたちが肩《かた》を落としていると、突然《とつぜん》後方から少し小さめの黄色いてんとう虫がぶんぶんと羽をふるわせながら空中に浮《う》かび上がりました。そのてんとう虫は、まるで体を何者かに支配されているかのように無表情《むひょうじょう》でまばたき一つしなかったのです。放心状態《じょうたい》で浮《う》かび上がった黄色いてんとう虫は、しばらくぼくたちをじっと見つめ、そしてついに口を開きました。

「君たちにお願いがある。どうかぼくを助け出してほしい。ぼくはある場所に閉《と》じこめられているんだ。ぼくには魔法《まほう》がかけられていて、その場所を言うことができないんだ。でも、君たちのうちの1人が作り出した世界にいるとだけ伝えておこう。あわてなくていい。でも、時期が来たら絶対《ぜったい》にぼくを助けることを忘《わす》れないでほしいんだ」

黄色いてんとう虫は言葉を言い終えると気を失い、地面に落下しました。ほかのてんとうう虫たちは急いで駆《か》けよると、草のベッドにそのてんとう虫を寝《ね》かせたのです。

「遠隔魔法《えんかくまほう》だわ。誰《だれ》かが黄色いてんとう虫を使ってあなたたちにメッセージを伝えたのよ」

ミラが深刻《しんこく》な表情《ひょうじょう》を浮《う》かべました。

「名前を言わなかったから、結局誰《だれ》からのメッセージなのかわからなかったね。しかも、場所も曖昧《あいまい》で特定することは困難《こんなん》だね」

ディランがうで組みをしながら言いました。

「わたしたちの誰《だれ》かが作り出した世界ってどういうことかしら。わたしたち、別に世界を作ったりなんてしていないわ」

ステラが困惑《こんわく》した表情《ひょうじょう》で言いました。

「相手が誰《だれ》であれ、ぼくたちに助けを求めると言うのは何か特別な意味があるのかもしれないね。もしかしたら、ぼくがずっと探《さが》したいと思っていたカイルかもしれないしね」

ぼくは眉間《みけん》にしわを寄せました。

「まさか。カイルは先にマジックパークに来ていて、安全が保障されているって、キーシャが言ってたわ。どこかで彼《かれ》に合流することがあるかもしれないけど、きっと彼《かれ》は無事よ」

ナンシーが両こぶしに力をこめました。

「そうね。しかも、カイルが上級魔法使《まほうつか》いだなんてことはありえないわ。彼《かれ》はふつうの小学生なんだから」

ステラが同調しました。

「至福《しふく》のブランコの冒険《ぼうけん》が終わって、空の滝《たき》の橋までもどったら、キーシャにカイルのことを聞いてみようよ。きっと彼女《かのじょ》なら全部把握《はあく》しているんだと思うから」

ジェイクが提案《ていあん》しました。

「そうだね。マジックパークに着いてから冒険《ぼうけん》の連続で、カイルのことをキーシャに聞くのをすっかり忘《わす》れてたよ。彼《かれ》の絵も当選したんだから、ぼくたちと行動をともにしないこと自体不思議だものね」

ぼくはジェイクの提案《ていあん》がすばらしいものだと思いました。

「てんとう虫さん、ありがとう。貴重《きちょう》な情報《じょうほう》を得《え》ることができたわ。何かお礼がしたいけど、何ができるかしら?」

ナンシーは、まだ目を覚まさない黄色いてんとう虫を気《き》の毒《どく》そうに見つめました。

「仕方ないわね。わたしが少しだけ力を貸《か》してあげるわ。ヒーラッ！」

ナンシーの沈《しず》んだ表情《ひょうじょう》を見たミラが大声でさけびました。すると、黄色いてんとう虫は目をぱちりと開け、草のベッドからのそのそと歩いて出てきたのです。

「ぼくを助けてくれてありがとう。急に具合が悪くなって、気を失ってしまったんだ」

黄色いてんとう虫が元気そうな声でぼくたちに感謝《かんしゃ》を述《の》べました。

「あなたがた、わしからもお礼を言わせていただこう。君たちの親切はこの島中の昆虫《こんちゅう》たちに知れ渡《わた》ることになるだろう。ほかの場所で虫と話す際《さい》、きっと彼《かれ》らは君たちに味方してくれるはずじゃ」

一番大きな赤いてんとう虫が言いました。

「こちらこそ、ありがとうございました。ぼくたちはそろそろ出発します。どうかお元気でいてください」

ぼくはていねいにお辞儀《じぎ》をしました。

その後、至福《しふく》のブランコに乗車したぼくたちは、ゴール地点の橋を目指して再《ふたた》びトンネルをあとにしたのです。花吹雪《はなふぶき》を散らすブランコから見える風景はひときわ美しく、心地よく吹《ふ》く風は、ぼくたちの心をいっそうおだやかにしました。

「さあ、橋が見えてきたわよ。ゴールに向かって最後の乗車を楽しんでちょうだい」

ミラはそう言うと、魔法《まほう》の杖《つえ》でブランコを操作《そうさ》し、高度をどんどん高めていきました。

そして、「えいっ！」とさけんだのです。

すると、至福《しふく》のブランコは、ジェットコースターのように空をすべり始めました。ぼくたちが乗車していた花びらは、すべり落ちながら、ヒマワリから桜《さくら》、バラ、そしてアマリリスへと変化しました。そしておどろいたことに、最後に花びらは青いクローバーに変形したのです。

「ブリリアント・クローバーの花だ！」

ぼくが大声でさけびました。そしてそのままブランコはゴール地点の橋めがけて滑走《かっそう》し、徐々《じょじょ》に速度を落としながら、橋の中央部の外側で停車《ていしゃ》したのです。

橋の上には、ＬＢＣの記者ナタリーとカメラマンのダニエル、そして助手のジェフリーが待機していました。ぼくたちが橋の上に降《お》りると、ナタリーは興奮《こうふん》した様子で中継《ちゅうけい》を始めたのです。

「視聴者《しちょうしゃ》のみなさま。ついに至福《しふく》のブランコに乗ったルークたちが、私《わたくし》たちの元にもどってきました。のちほど、私《わたくし》ナタリー・フィールドが彼《かれ》らの冒険《ぼうけん》を直接取材し、ＶＴＲにてみなさまにお届《とど》けいたしますので楽しみにしていてください」

ナタリーは言葉をそこで止めると満面の笑顔でぼくたち一人一人と握手《あくしゅ》を交わしました。

「少しもどるのが遅《おそ》かったから心配したのよ。何かトラブルに巻《ま》きこまれていないか、そわそわした気分だったわ」

ナタリーがほっとした様子でため息をつきました。

「心配してくれてありがとう。至福《しふく》のブランコですばらしい冒険《ぼうけん》を楽しんでくることができたよ。あとでゆっくりとぼくたちの冒険談《ぼうけんだん》を話すね」

ぼくが言いました。

その後ぼくたちは橋の階段《かいだん》を下り、空の滝《たき》の目の前の土手にたどり着きました。

「ナタリー、キーシャはどこかしら。わたしたち、彼女《かのじょ》に聞きたいことがあるの」

ナンシーがきょろきょろと辺りを見回しながらたずねました。

「そう言えば、さっき彼女《かのじょ》から伝言を預《あず》かったのよ。キーシャは魔女《まじょ》からのお呼び出しがあったから、いったん魔女《まじょ》の所にもどらなければならないんですって。至福《しふく》のブランコの冒険《ぼうけん》はこれで終わりだから、次の遊具へ向かう案内はミラに一任《いちにん》するそうよ。ただし、魔《ま》女《じょ》との話が終わり次第、すぐにあなたたちの元にもどるから心配しないでと言ってたわ」

「それは困《こま》ったなあ。カイルのことや、てんとう虫たちのトンネルでのメッセージのことを聞きたかったのに」

ジェイクが困惑《こんわく》した表情《ひょうじょう》を浮《う》かべました。

「ここにいないんだから仕方ないわ。本人がすぐもどってくるって言ってるんだから、再《さい》会《かい》したときにいろいろと聞きましょ。ところで、次の目的地っていったいどこなのかしら」

ステラが好奇心《こうきしん》いっぱいの表情《ひょうじょう》でミラを見つめました。

「ふふ。次の目的地はとても楽しいところよ。もちろんみんな知ってると思うけど、今私《わたし》たちはゴールドフィンチ島の東側にいるわ。ここから島の北側に向かって歩いていくのよ。目的地の名前は『集《つど》いの牧場《まきば》』。そこで次の遊具があなたたちを待っているわ」

「楽しそうな名前だね。聞くだけでほのぼのしてくるよ」

ディランの声は期待に満ちていました。

「出発する前に、停止《ていし》させた空の滝《たき》を元にもどすわね。滝《たき》が流れている間は、ここから空の世界に行くことはできなくなるのよ」

ミラはそう言うと、魔法《まほう》の杖《つえ》を滝《たき》に向かって振《ふ》り下ろしました。すると静寂《せいじゃく》に包まれた川に再《ふたた》び滝《たき》が勢《いきお》いよく流れる音がもどったのです。滝《たき》の細かな水しぶきが顔に当たったたぼくは、とても充実《じゅうじつ》した気分になり、改めてこれまでの冒険《ぼうけん》の楽しさを実感したのです。

「これでよし。あとはあなたたちの体力を完全にもどさなきゃね。今回の冒険《ぼうけん》できっと疲《つか》れているはずだし、ここからの冒険《ぼうけん》は正直甘《あま》くはないのよ」

ミラはそう言うと、ぼくたち一人一人にヒーラの魔法《まほう》をかけ、ぼくたちの体力を回復《かいふく》しました。

「うわっ！　なんだこれは。ヒーラってすごいね。疲《つか》れが一気にふっとんじゃった。ああ、今度魔法屋《まほうや》に行ったらヒーラを買いたい」

体が軽くなったぼくは、ぴょんぴょんとその場でジャンプしました。

「水筒《すいとう》の水も補充《ほじゅう》しておきなさいね。空の滝《たき》の水はとてもありがたいんだから。さあ、準《じゅん》備《び》ができたら出発するわよ」

ミラにせかされたぼくは、水筒《すいとう》の水を満タンに補充《ほじゅう》し、仲間たちと共に元気いっぱいの気分で島の北部へ向けて歩き始めたのです。

to be continued...

**著者プロフィール**
**岡村 守**（おかむら まもる）
明治大学商学部出身
日英バイリンガル
千葉県で学習塾を経営。バイリンガル教育や高校・大学受験の指導を行う。
保有資格：英検１級、TOEIC 985
趣味：洋書多読、映画・音楽鑑賞、旅行

カバー・本文イラスト：YUKARI

**ルークとマジックパーク　空の滝《たき》**

2023年２月15日　初版第１刷発行

著　者　岡村 守
発行者　瓜谷 綱延
発行所　株式会社文芸社
〒160-0022　東京都新宿区新宿１－10－１
電話　03-5369-3060（代表）
03-5369-2299（販売）

印刷所　株式会社フクイン


ISBN978-4-286-27098-2